JPC
HK

陳耀南 著

讀中文看世界

增訂版

自序

對華人來說，「中文」永遠重要、親切；對世界而言，隨着中華國族的地位與影響，中文在人們心目中，自然又有所變異。

好幾年前，我替澳洲香港中文大學校友會撰寫了副嵌字對聯：

中文遠景勝從前，北海南洲，校譽傳揚憑我輩；
大學生涯如昨日，談天說地，友情延續盡君歡。

說得廣之大之，長之遠之，中華民族的聲譽、華人之間以至中外之間的關係，何嘗又不在於世界上每一位懂中文、用中文的你、他和我呢？

二〇〇八年本書初刊，拙撰自序說：

拙著談的不離語文、文化；看的不外中國、天下。北念中邦，則「華元與中京」；近說南溟，則「我人你鬼佢摩羅」；東瞰扶桑，則「東京之祖是北京」；泛覽文藝，則「倫敦粵語教莎翁」；內省人性，則「餓貓與煎魚」；仰望蒼穹，則「歷史名人談奧運」——總之，寄身澳國，而懷中論外，游目四方上下，可謂之「袋鼠六觀」，而不外乎「讀中文、看世界」。於是也依題材相近，分為六輯。

「六」在中文，有「上下四方」的「整體」之意。

古之天子，槍桿子出政權，「六轡」在御，操控「六軍」，假「六部」以治國家；萬幾之暇（又或者罷朝廢政），臨幸「六宮」，以賞粉黛之色。有德無位的先師孔子，將守於王官的「六藝」普及民間，後世尊為「六經」。道家則以精神彌於「六合」，不拘一端，所以周流「六虛」，乃得逍遙之趣。到佛教流行，又大張「六識」「六和」之說。未出家前是儒徒的劉勰，在《文心雕龍．知音篇》，就閱文情以「六觀」，也可見「六」之為義真的「大矣哉」了。

筆者身在南洲，心馳中土，不覺又十多年了！承蒙澳洲《星島》、《新報》和香港《信報》雅愛，若干年來，寫了方塊專欄不少。上下四方，隨時亂謅，雖則卑之愧無高論，而雞肋敝帚，又不免自珍而未忍即棄。更承蒙三聯舒非女史不棄，囑咐選編成集，並且惠定如今全書之名，敬請高明垂覽、賜教，慼幸之至！

現在，廿一世紀第二個十年已近半，從世界情勢到中華母體與香港、台灣以至海外華裔關係，都不斷開展新局，這本書也加進了若干新撰的文章，和改正了少數誤植之處，敬請大家指正！

二〇一四年五四翌日

記於南洲雪市蓮田小鎮

目錄

05 餓貓與煎魚

06 歷史名人談奧運

01 華元與中京

讀中文 看世界

浮名作餌釣傻魚

一、你想當選「中國當代藝術界名人」，並且列在上述名冊嗎？快辦。請交「榮譽證書費」九十美元，另名冊費十美元。

二、你想進一步「被確認為世界文化名人」，並且列在名冊嗎？易辦。請交中英文凸刻文字鈦金牌匾製作費二百五十美元，另名冊費五十美元。

三、想作品在「環球名人著述展示會」中亮相，並獲金冠獎嗎？好辦。請交展覽費一百美元，金冠製作費二百美元。

……

交不交由你。不過，千萬不要寄來澳洲給我。招攬的不是在下。

有位從大陸到香港，二十多年後又移民澳洲的前輩學者、文人，著作等身，最近沾沾自喜地告訴朋友：他已經入選了！從他寄來的影印資料，我們看到上述辦法，並且拜讀了這位先生自撰的奮鬥史、等身著作的目錄。其他「獲獎者」的豐功偉績諒想也是各人自備的。當然，鋪陳文字的長短，諒想也有一定的收費比率，以示公道吧。

二十三年前，錢鍾書先生蒞臨日本京都大學人文科學研究所，筆者有幸作唯一一次的會晤，事後且以「孔芳卿」的筆名，記述在《明報月刊》。「孔芳卿」者，「孔方兄」也——就是「錢」的意思。

一切都不外乎錢。錢先生笑說。那時大陸流行出名人錄，登錄者期望一卷揚名，編刊者於是萬金入手。交易而退，各得其所。邀約的信來到三里河南沙溝六棟二門六室，錢先生、楊絳女史，慣例看也不看，就丟進室外的垃圾箱——睬爾傻。

傻人在高級知識份子中其實很不少。利令智昏，名更令智昏。《詩經》說：「靡哲不愚」，問題就看打不打着他的死穴。十多年前有位內地名教授來港大看筆者，示以「劍橋區大學編刊世界名人錄」徵稿啟事，筆者請她留意那個大有玄機地多出來的「區」字。幸蒙悅納，於是省了幾年的薪水。

有位開口不離「前衛」與「後現代」、動筆常涉「舊約」與「新紀元」的先生，幾年前到處被宣傳為獲「選」「世界風雲人物」。筆者在他府上看過一本粗製濫造的此類名冊，於是為文婉曲規勸。此君一名助手大興問罪之師，唉，筆者真是「衰多口」，失了朋友。

仰之彌高有此山

（一）

林仰山，姓名結合，一幅中國水墨，表現了中國哲學。典型的高士，或隱於田園，或隱於朝市——總之，仰望蒼穹，向山舉目。

不是華人，是「一英國人，忝踞港大中文系主任之席」——引號中的文字，是林教授的原稿，「忝踞」云云，是他的高度自謙。

在那個時代，極罕有的、對中國文化謙卑、對中國人欣賞的英裔學者：Prof. F. S. Drake（1892-1974）——

> 就愚之經驗而言，中國人實世界上天資絕高、絕聰慧、絕忍耐、絕謙遜、絕忠誠，且最通達世故人情之一民族；而在愚以往之生涯中，能長與中國人共同工作，

實當引以為榮。

作為那個時代英國基督徒學者，他的話不會是浮誇的「假、大、空」；而在宣說上述《別香港友人》的公開講話的一九六四年六月二十四日，陪他乘小艇到退休回英客輪的中文系羅香林先生、饒宗頤先生、語言學校校長馬蒙先生等等，當然都是他所褒揚的華人品質的最佳例證。

還有，上述各位（都是名重學林，都是筆者和無數可敬友人所親炙、受教的前輩大師）都能相安相忘，如也曾任教於港大中文系的牟宗三先生序劉百閔先生榮休所謂「人各相安而相忘，無口舌之紛爭」，正可見系中最高領導人——林仰山教授——「深達社會風習」，「內外對人接物之際」，「事理通曉」了。

劉百閔先生是林仰山教授的最佳顧問，也是五十年代前期許多南來著名學人的最佳調協聯絡者。影響香港中文教育數十年的港大《中國文選》，就是他策劃統籌的結果。他是否如羅香林先生一樣信奉基督教呢？筆者愧無所知。所知牟宗三、唐君毅以至林教授極力推薦而榮獲港大名譽博士的錢賓四（穆）先生，都尊崇儒學，拒謝他們覺得是「外來的，西人的「信仰。至於幾乎無所不通、無所不精的饒公，深契佛教，這也同樣是人所共知的了。如今忝為基督徒的筆者很有興趣想知道——大概也沒辦法知道了——林仰山教授要一償素志而向上述諸位傳福音，曾經遇到怎樣的規避與婉拒呢？

不管如何，林教授在當年送別茶會中強調：十二年來中文系的融洽無間，師生天使般的笑容，以至香港人奮鬥的精神，是他帶回英國最珍貴最親切的回憶！

（二）

那個時代，那個社會，港大中文系真是領導得人，處境得宜，美材得所，堪稱一時之盛。

先有羅香林先生授歷史，饒宗頤先生講文學，唐君毅先生講哲學，稍後又有劉維楨、余秉權、羅錦堂、劉唯邁等先生加入。善能溝通的劉百閔先生統籌擘劃，獻可替否，倚重他的主任教授，就是林仰山先生。

林仰山先生是正宗英人，而且進過日治時代的集中營，當然深得香港統治者和大學領導者的衷心信任。他以傳教為自己終生事業，這些都和筆者第一份工——英華書院——的上司紐寶璐校長相同，因此對中國人（特別在戰後）比較好感。

虔誠的基督徒是如此謙卑懇切——

> 過去十二年中，愚以一英國人忝踞港大中文系主任之席，諸君不以為忤，於愚之所短及所犯之過失，不唯悉加寬假，更多予協助，其熱愛及友忱，有非文辭語言所可盡宣者。職是之故，愚以往之工作幸得圓滿，而十二年來港大中文系、東方文化研究院稍有之收穫，亦無不拜諸君之厚賜。

他並不認為自己是來自異邦的旅華者，根本就是上帝使他生於中國，所以以傳教為終生職志——

> 苟非先嚴先慈來華，愚且不知中國為何物；苟上帝非詔愚以從事於傳教工作者，愚或亦將返居祖國，為蚩蚩一氓。故傳教工作實愚一生唯一之事業。

> 即愚接任港大中文系之後，大學之宗旨本不限於一教觀念者，然在愚之內心，傳教之熱望迄未因而稍殺，且自以為得此良機，當有所為……

使徒保羅的話：「不傳福音，我就有禍了！」「真理必使我自由」，林仰山終生服膺，並且認為到某一社會傳教，就是在那個社會群中發現固有的上帝精神，在大陸與香港服務幾乎五十年間，他最感歡愉者，是中國人民實在夙具此種精神，而居港工作，他認為無非是將這種特大精神，普告世人而已。

以上是他退休回英，一九六四年二月二十四日啟碇（又是皇后碼頭？）之前，《別香港友人》公開信上的話。

他自說在Somerset的廬舍，與香港仔常見的舢舨相仿，可以一償他向英國人說明香港嚴重居住問題之素願，不過歡迎港友來訪，他一定移盡藏書，以供下榻云云。

能寫文言的前輩基督徒漢學家如林仰山教授者，是如此熱誠謙卑；如今許多只識簡體字，略懂語體文的白種或黃皮白心院長教授之流，就只知黨同伐異，妒賢忌能，弄得瓦釜雷鳴，黃鐘毀棄，撫今追昔，真令人無任感慨！

得饒人處且饒人

貪官可鄙，清官有時也是可怕——《老殘遊記》說得對。

《聖經．彌迦書》教人：「行公義，好憐憫，存謙卑的心，與你的上帝同行。」四個層次，一個比一個高。只知行公義（甚至自以為義）而沒有憐憫，人就變成苛刻、冷血，中國古代的法家，無教化，去仁愛，就是如此。

一則大陸新聞，筆者二〇〇七年六月上旬將離港大回澳時看到，心戚戚然。六月十六日有位俞大鳴先生鴻文〈法理與人情〉，就是論述同一件事。

少女飢而偷食麵包，價值二元，店主捉着，不理對方如何哀求，總要依法處理，暴白她的罪過，少女羞憤自殺，店主一點也不覺難過。

如果那少女橫決往另一方向，死的人會不會不止一個？到時那店主會不會被罵（甚至自覺）又冷酷、又愚蠢？

一兩年前，雪梨好像也有一宗類似事件，那是洋店主對大陸少年男子。有些人就是得理（或者得勢）不饒人，是另一意義的全無人性。

也是在港之時，三月左右吧。港大對下有所小書店，精巧小文具堆得滿滿，有個初中女生盜竊多次，卒之被截。店主也不報警，只着她交回歷來所偷。那少女父親來店道歉道謝，並且購回全部貨物，說要放在家中永留鑑戒警惕。這一位店主，是不是忠厚留有餘地步，法理人情兼顧？

又記得差不多二十年前了，有位港大建築系女生，差不多畢業了，偶然貪心高買。其後她在替人補習時見到廳中某晚報大字頭條新聞揭露，於是羞愧走回大學行政樓最高處跳下。筆者為文哀悼這位不認識的女學生，並且提問：如果她不是許多人又羨又妒的港大生，報紙編輯會不會放她一馬？

騙鬼呃神是土風

劉長屎、文臭屎、馮大屁……。

——他們開罪了你嗎？為甚麼給他們如此臭不可近的蠢俗名字？

不。絕不。

名字的主人，是可愛的小孩子；給名字的人，是他們的雙親，熱愛自己的骨肉，勝如心肝寶貝。

正因如此，就要用粗俗惡名，「以便小孩好養」。

養鴨人家，更順便喚叫兒女為：薛鴨屎、柯鴨屎……。

偶然在澳洲轉播的台灣電視新聞，看到上述報道。

旁白說道：「小孩從此為難一輩子，一生被人取笑。不過，他們還是感念父母的愛心，因為免了鬼神妒忌。」

唉！貧、弱、愚，以農村為主體的中國社會痼疾；假、大、空，中國舊社會的風氣。

現代台灣，說甚麼曾經是東亞四小龍，如今又說甚麼「去中國化」，中國千百年來苦難的烙印，還是牢牢的在於漳泉閩客移民身上。

大西北也是如此。祖籍陝西扶風第一大鎮杏林的杏林子，因印傭失常而息勞歸主的基督徒作家劉俠女士，行年十三，就發類風濕關節炎，一位漂亮機靈的少女，從此由天堂打入地獄。光環褪色，掌聲消失，換來一句句同情憐憫的話語：「小孩子太精靈了不好，會遭天忌……。」

就是這類由來已久的信念，在醫藥未發達、民智未開啟的時代與地區，可憐天下父母心，就把兒女名貓字狗，或者改稱父母為叔伯嬸娘，以瞞鬼騙神，避過耳目。

《左傳》莊公三十二年：「神，聰明正直而壹者也。」如果狹隘得妒忌人家的好兒女，糊塗得一改個名字稱謂就被瞞過的，還配稱為「神」嗎？

沒有辦法。「公義慈愛獨一真神」的概念，近代以前還沒到中國，世上的盲官黑帝、土豪劣紳、土包子貪污幹部……就都成了眾神的原型，《封神榜》、《西遊記》、《聊齋》其實不是小說，是人間實錄，更是華人神學院應當必讀的參考書。

人間廚房的灶君，每年年底，要回天宮打小報告了，家家戶戶，就以甜飴肥膏餬其口舌，糖水烈酒灌其喉舌，使他盡說好話，有如此之民，就有如此之「神」了。

拒收

你不要他。將來可能社會不要你，唾棄你。或者，至少，嘲笑你。

如果你拒絕他的理由，並不使人口服心服、絕非放之四海而皆準，而且與迎拒取捨的客觀標準無關。

匯豐首腦鄭海泉當年以「為人民服務」一語觸怒中大經濟系主任，結果沒有變成新一代教授，反而做了大銀行家。塞翁失馬，變成笑柄的是當年那位系主任，可惜他已沒有機會辯解。

人做事都有自己的理由。成不成立，人家接不接受，另一回事，聞說若干年前，與譚詠麟——的爸爸——再一個若干年前——在遠東運動會——共同為國為港爭光、游泳成績僅次於美人魚楊秀瓊的一位N女士，在私立學校當主任數十年，六十歲退休了，因兒女的鼓勵申請以「成熟學生」（mature student）資格進入某學府。在口試時有人「窒」她：

「你都退休了，唸大學之後，又不再做事，豈非浪費納稅人的錢嗎？」

好一個N女士！不愧見過大世面，經過大風浪！神閒氣定的說：

「是的，我不再做事，所以也不會搶畢業同學的飯碗了。

「而且，我納了幾十年的稅，栽培了幾十年未來大學生，如今自己也照繳學費，照交功課，唸我自問勝任的課程，將來以所學用打工賺錢以外的方式回饋社會，不也是我的人權嗎？」

於是，語塞的是問的人。三年後以良好成績戴上方帽子，成為記者訪問對象的，是那位女士。

有位男士，已經是國立大學的副教授了。因為那時沒有博士班，要到鄰近一個當時是外國殖民地的地方，申請唸高級學位。

有人又投反對票。「他已經是副教授了，還唸甚麼博士？」

支持者說：「奇怪！你自己不是也一面唸博士，一面當講師嗎？好幾位同事，不也是這樣嗎？」

接着，系主任忽然發覺申請者有另一項他所最重視的、學術以外的強項，於是急轉直下。拒收者與卒之被收者，後來變成同事。

國寶級大學者錢鍾書可能被拒收，因為他入學試數學成績奇劣，大概差不多零分吧。清華校長羅家倫，認為他中英奇佳，於是破格取錄。不久以後，這校長就追隨着這學生，分享這歷史上的佳話。

不是說：規矩等同廢紙；是說：要有慧眼、公心、「不拘一格擢人才」。

劉項原來不讀書

「車！老蔣老毛，都冇讀過大學！」

四十多年前的九一八，英華書院教員室中，與筆者同屬新教師的L君，不知講開甚麼，衝口而出的一句話，到今仍然記得。

讀過大學，又代表了甚麼？

當然是。不過，撇開「無知」、「淺薄」、「片面」……等等負面評價不談，L君這句話本身，也大可引發許多思考。

首先，這證明中國近代教育仍傳統地有欠普及，最高層次的更是短缺，以至許多不世之才，無大學可讀。

其次，這證明清末既廢科舉，政治上登庸無序，最高領袖仍然傳統地不出於文明，不由於選舉；權力遞承，仍然靠的不是性器，就是軍器。

第三，這證明人類鬥爭之所——政壇也好，商海也好，都是殺戮戰場。「陣而後戰，兵法之常；運用之妙，存乎一心」。即使「取法乎上」，用最好的教科書，也只能訓練出中級人才；要奪得桂冠，還是要「不按牌理出牌」——或者說，最高的兵法、牌理，不是人所能教。「大匠誨人，能予人規矩，不能使人巧」；「雖在父兄，不能以移子弟」。這也說明了：為甚麼古今中外，各行各業的蓋世英雄，都必然「生兒不象賢」（唉，又是那句了。蔣老先生應該開懷一笑了，因為他畢竟有位哲嗣經國，不只卒之勝過宿敵，也勝過絕大多數同級人物）。也說明了：為甚麼在學校唸書出色的，往往只做到甚麼師、甚麼師，充其量自吹或被捧為「國師」，至於國主明君，原是「堯舜心傳」，不立文字之教。

近歲情況當然似乎更改了，學校普及，不管為人為政的褒貶如何，國家元首有大學資歷的早已平凡之極。李登輝不是同名的復旦大學校長，出身台灣帝大，後來更撈了花旗博士，「搏士」吹水扁，以口才「博懵」，不過據說從小學到台大法律系，年年都考第一。彼岸前之江朱，今之胡溫，都有名門正派科技學位。至於兩岸之間我們熟悉的那塊小地，長期深受英式價值觀念影響，第一張沙紙不出自聯邦大學，以後就要多費九牛二虎之力取得其他更高資歷，仍然不免總覺得無法真正追回所缺。所以有位老友，成就非凡，退休之年，仍然進入此間某大學修讀學位。

扮演與擔當

今天不是說：濫用「扮演角色」不好；嚴肅、認真的工作，應說「擔當角色」——從前已經說過好幾次了。

從前——十四五年前了——也說過：例如講：李登輝「扮演」執政黨主席兼總統，這不是等於說，他在「作秀」嗎？

原來他真是「扮演」！以德川家康為師，等、忍、狠；要「擔當」的，是從堡壘之內攻破他所痛恨的國民黨，以至中國。

厲害！無間道，倭人之奴。執筆之際電視上又還見他覆盆之口。

很羨慕有機會演戲，而且「扮演」多種角色。通常人只活一生，演員卻活出許多人世，體驗、表現好幾種滄桑憂喜。

當然，演員也付出不輕的代價。生活愉快，舞台上卻要哭哭啼啼；百憂薰心，銀幕中卻開懷大笑。精神心力稍欠健康，便易分裂。

二〇〇五年五月，台灣著名諧星倪「副總統」敏然之自殺，便是轟動社會的悲劇。他「扮演」呂秀蓮，真是一絕。可惜最後碰到另一個厲害的女子——這女子是美的——他就命絕了。

也很難說是不是她「逼死」他。據報刊說她先說「不在乎名份」，然後以「證物」威脅，要他拋妻棄兒而娶，否則便家破人亡，這原是石器時代就有的，誘捕獵物的慣技。而且，懷孕、生產前後想法難免變化。真相未明，難以確論。還是他給孩子的遺書寫得好：「人生不能像戲劇一樣跳脫」，「面對人生，許多事不能以第一反應來處理，要慎思」，「快半拍，是伶俐；慢半拍，是智慧」——真是其言也善！

保持形象實艱難

古代不要說皇帝了，連「芝麻綠豆咁大粒梅知府」（粵曲名句），以至「滅門知縣」，在升斗小民、山野小民仰望起來，都高高在上，不可逼視。那時又沒有攝影術，他或她尊容如何？除了家裏人、幕僚和近身衙差，誰也沒機會細看。

如今真是大大不同了，不要說閨中良伴、親密親友了，任何有眼的人，只要看到那些雜誌化的報紙，與真實人頭差不多——甚至還大——的顏面大特寫，佔了四分一版（六吋×十吋），加上鏡頭利、微粒細，連眼屎、鼻毛、齒垢、舌苔，以至牙縫的肉屑菜絲……都纖毫畢現，鉅細無遺地立此存照。每個讀者都變成了「檢驗工作進行中」的牙醫、眼醫或耳鼻喉醫。真慘！

慘的是當事人的伴侶，特別是當事人自己，非常慘的是：那特大頭像是女人。

想當年，無論是天主教名校的女生也好，最高學府英文系女講師也好，政府女高官也好，顯現人前的每個時刻，哪一分鐘不清潔高尚、雍容華貴？想不到，如今被記者仰角拍攝然後盡量放大，那囂悍的揚眉、遲暮的魚尾紋、鼻孔的黑毛、人中的墨痣、唇上的油膩、犬齒門牙與齦肉之間的垢石……七彩繽紛，「垂世行遠」，如何是好？怎樣保持形象？人總不能秒秒鐘都正襟危坐、莊容正色，像在攝影館拍造型照啊！

御用的攝影師，也可能出賣你（即使你是英國王妃）——在將來、在閣下身後——不要說那些狗仔隊的攝記了。何況，如今連手機的像素也高達幾百萬，真是防不勝防，避無可避！

不要說全個世界了，單只香港，名叫「淑儀」的成千上萬，嘉號「安生」的也不只「見步行步」的那位貴婦，只是，某日某報在她們被謔為「泥漿肉搏」的議會競選前一年多，已經有一大篇兩位「名太」的對決特寫，圖文並茂，真令年紀介乎兩太之間的筆者，同情無限，感慨萬千！

然則，計將安出？

夕惕朝乾、臨深履薄（唉，即係「秒秒鐘戒備狀態」）？做不到。活色生香，不是蠟像。

深居簡出、息交絕遊？做不到。一日名太，終身名太。

放浪形駭、置身度外？做不到。多年教養，習與性成。除非鬍了線，或者醉了酒。

怎麼辦？怎麼辦？

書商無識更無良

恭喜你！移民澳洲，孩子們不必背那些重書包，那些混帳的課本。

二〇〇二年初，香港不是有位學童，因書包過重，失去平衡，不幸跌下樓梯慘死嗎？十九公斤的書包！連特首也講痛心了！

容許筆者做一次文抄公：摘錄在此二十七年前的港大舊學生，如今著名的基督徒作家胡燕青的大文：〈出版商，請聽我講〉：

像遠行的客旅，背負三秋的行裝，我們那些剛進小一的幼孩，從校車顫危危地跨下第一步……

我們那時候修的科目少一點嗎？也不見得……還要加上毛筆、算盤、墨盒，但是，我們的書包重量很合理，體積也不大……

我認為罪魁禍首，是那些只顧掙錢發達、不顧孩子死活的出版商……

現在的書，既重且笨，大大的書頁只印了幾個字，五顏六色的圖畫佔去大半，紙張素質無疑是好了，但是也厚得驚人，最不好是反光，鉛筆怎樣也寫不上去……

這些所謂課本，內容少而裝飾多，用處小而害處大……

現代的小學教科書，全都成了連環圖；中學課本畫面之多，難以想像……

第一，這會大大削弱閱讀時的集中力，減低他們學習的耐性；第二，這會破壞他們的形象思維，呆板，缺乏創作力，這和看過量的電視壞處一樣。我們的下一代，懂得看字畫的人，必因此愈來愈少……

夠了，夠了，許多人只知迎合孩子愛看圖畫，不知道過猶不及，害了孩子的全面學習，正如只吃糖果，不只壞了腸胃，壞了牙齒，更埋下早發糖尿病的惡因。

書商，唉，有些只知媚俗賺錢。你的孩子？你死你賤！

可笑與可鄙

何謂「大學生」？

你看他還是學生，他卻已經自視很大。你看他神高神大了，其實仍然是學生。

中國歷史上有些大學生是很了不起的。東漢「黨錮之禍」，晚明「東林黨」，敢於挑戰黑暗勢力的都是太學的青年。晚清甲午國恥，康有為公車上書，那班正在參加進士考試的舉人，多半也是青年，仍有熱血。五四運動，抗戰前夕，慷慨陳辭，準備拋頭顱、灑熱血，外抗強權、內除國賊的，也是大學生。

如今，時代變了，傑的人、靈的地也變了。在山明水秀的香港中文大學，二十不到便掌握編寫出版報紙大權的大孩子們，「代大匠斲」，玩玩甚麼「情色版」，搞搞「人獸交」、「亂倫戀」的話題，搞出了大頭佛。手忙腳亂之際，又不知哪方高人指示，上綱上線為「言論自由」、「獨立思考」，繼續作大。被淫褻物品審裁處判為不雅了，又利用匿名網頁拉《聖經》來潑污水！最好笑的，是中大表示學生報既然獨立，校方並無義務以公帑來替他們打官司，那些大孩子編輯便又怨恨學校不替他們出頭，不給予實質的援助！

小頑童平時亂叫亂嚷，評父罵娘，闖禍了，又要家長出頭，替自己賠人家湯藥。如今這些學貫中西、目中無人的大學生，又與小頑童有何差別？

最可歎是某些傳媒才子，煽風點火，說「《聖經》的淫褻，比中大學生報內容嚴重百倍」，「如果學生報不雅，《聖經》必定要封黑袋」。但他批死：「影視和淫審處，不敢挑戰香港主教陳日君、梵蒂岡，像六四清場的坦克，只敢壓學生。」——自詡生花之筆，竟作如此挑撥，真是可鄙可怕！

《聖經》難作遮羞布

人心的謀略，有所謂「圍魏救趙」、「轉移視線」；邏輯的謬誤，有所謂「訴諸權威」、「訴諸他惡」。

二〇〇七年夏，中文大學學生報情色版風波，某大報港聞版的頭條大字標題：「二〇八人投訴《聖經》不雅」——後來又增至過千人。例子是〈創世記〉十九章，羅得的兩個女兒迷姦父親；〈以賽亞書〉三章，耶和華使錫安女子赤露下體，〈撒迦利亞書〉十一章、〈以西結書〉五章：人的彼此相食。

那篇半版報道還有明信片大的彩圖一幅，四五個戴上口罩的青年男女，到淫褻物品審裁處遞交抗議書，展示大海報：「（反）對不義判決，（捍）衛出版自由」——正是濫用「自由」，自以為「義」！

《聖經》是敍述人類的過犯與罪惡，使人讀之而儆醒，不是黃色大報以至大學生報情色版的誨淫誨賤、繪影繪聲。中國的經典：《左傳》、《廿五史》，類似的記載也所在多有，正因為人有道德的良知，有「前事不忘，後事之師」的智慧，所以有這些記述，作為歷史教訓。現在有些人，不知檢束於前，不能自省於後，文過飾非，還想乘西人揭露古代教會罪惡之餘波，師《達文西密碼》等的故智，把污水潑向《聖經》，真是可歎！

據報道，這個「投訴聖經大行動」是某些網民發起。宋朝印刷發達，筆記詩話於是流行，「以人盡可能之筆，著唯意所欲之辭」，就成了保守者的慨歎。今日互聯網迅速與普及的威力，更萬倍於白紙黑字了！不過，「網民」既可以是「妄民」，也可以是良民；良民同樣應該有力有心！

有人又稱說從前蔡元培主持北大，聘教師則兼容並包，護學生則力抗軍閥。問題是：世易時移，人物的品質、處境都大大不同了，試問：鶴卿太史會主張京師大學堂改用英文教學嗎？須要四出撲水、款接富豪嗎？（當然，北大也不會取悅他而出版《蔡翰林集》，或者「考據」出蔡倓原來是他姑奶奶而出《文姬書法集》。）

還有：最重要的：當日北大學生，是為了國家民族而「外抗強權，內除國賊」，不是為了「研究」（或者準確點，改為「玩賞」）、「亂倫」、「人獸交」等等話題，更沒有人把污水潑向《四庫全書》，以證明骯髒的也是群經諸子。

教師應否自殺

這個題目，相當無謂。

如果自殺不可取，就任何人都不應自殺，又何獨教師？

如果說：人就是人，總有時憂來無方，萬念俱灰，覺得雖生猶死；或者面臨抉擇，要取義成仁，雖死猶生，那就不論醫師、律師、飛機師、髮型師……都可能自殺（或者以此殉道、殉國、殉愛、殉教……），又何止教師？

除非是有某些虔誠信仰，反對自殺。例如說，佛教認為：自殺之後，輪迴倍受痛苦；基督教認為：生命在神之手，人不應自作主張。

老友自港寄來舊報，見到某女士替女高官辯護，大談教師為眾徒表率，應當奮鬥不懈，抵抗壓力，否則就誤人子弟云云，其實，此番高論，誰不會講？如果確實家事人事飯碗事，事事煩心，甚至最愛至親，突然失去，又或者健康失調，內分泌裏缺少了疏導抑鬱，除悶得樂的那些化學物質等等，即使平時同樣也寫專欄，並且寫得並不比某女士遜色，恐怕也會難以自解。此所以對症必須下藥，又須輔導慰勉，雙管齊下，希望可以度過難關。

藥物不可自行亂服，要找專科醫生；輔導慰勉，要靠現實或者書本中的良師益友，不論幹的是甚麼行業，都應如此——當然，以文史哲為專業者，理論上較多接觸心性修養的典籍，不過，如果接觸的又是厭世文字，看人看己都一片黑沉沉，那就非徒無益、而又害之——古之屈原，賈誼，何嘗不文才蓋世？

話又說回來，歌詠屈原之心，歎息賈誼之境，作詩填詞，吟哦一番，所謂「長歌當哭」，確又解救了不知多少古來文士。孔夫子說詩的作用，可以「興、觀、群、怨」，總而言之，都導向心理的調適。現代人往往不懂、不暇，不屑讀詩（作詩就更不用說了），難怪精神心理醫生，其門如市！

選擇走上「教師」這行，當初或多或少有點抱負，有些理想，後來弄到自殺，一定經過不少彷徨、掙扎。不幸有教師自殺了，「如得其情，則哀矜而勿喜」，悲憫同情之不暇，還何忍振振有辭，以人數未多，強辯一定無關某項政策？某女高官被譏為「涼薄」甚至「涼血」，可謂誅心之論，咎由自取。

從前的官箴：「爾俸爾祿，民脂民膏；下民易虐，上天難欺！」其實「天視自我民視，天聽自我民聽」，今日民主時代，如果還是精英心態過強、圖功媚上之志過切，那就進修任何學位，都求榮反辱，不如內修其心好了。

路轉峰迴結局奇

香港精神科曾醫生那天的專欄，真令人拍案叫絕！以炎黃子孫的襟懷，愛之深責之切也好，以白化華人（如那位香港專欄大才子）立場，居高臨下地冷嘲熱諷也好，對於中國大陸近年愈搞愈離譜、幾乎無物不假的可恥、可痛現象，加以口誅筆伐者，實在不少了（最好更多）！希望可以喚起廣大人心，洗雪這個自作孽的國恥！

早就聽過這宗據說是「真」事了：有人被假鈔票所騙，憤而服毒，原來藥是假的，死不了，於是合家飲酒慶祝，怎知酒也是假的，卒之盲了！

二〇〇四年八月五日那天，澳洲華報副刊轉載曾醫生的依心集，以「沒有道德的國度」為題（唉！），構想更絕：

文章以「你是一個下崗工人」開始，由靈機一觸，淨化溝渠餿水為「再造油」開始，一步步，工業酒精（甲醇）假釀、翻版光碟、假車票……暴利潤愈來愈驚人，心肝愈來愈漆黑。最後竟造到假奶粉，連已經相當可憐的窮家嬰兒都不放過，一個個頭大如斗，不夭折也必弱智！

此人自己的獨子，後來也因吃假雪糕而毒死。正在傷心欲絕，妻子坦白承認：不必難過，這兒子原來也不是他生的！

二〇〇八年北京奧運，舉辦成功，寰宇稱美；開幕表演尤其令人驚歎羨慕；不過，小童代唱，以漢兒代穿少數民族衣飾等等「影視慣見」技巧，仍然不免大受詬病，或者也可以視為良藥苦口的諫議吧！

其實，古代大謀略家曹操，就弄過類似的大把戲了——查查「捉刀」的典故吧！

英明

古代以色列最有智慧的君主所羅門王，明判二婦爭兒故事，許多人都聽過了。想不到偶閱舊資料，一千八百年前，東漢末應劭的《風俗通》一書，也有類似的故事：

「穎川有富室，兄弟同居，兩婦皆懷孕數月。長婦胎傷，兄因閉匿之。產期同至，到乳母會，弟婦生男，夜，因盜取之。爭訟三年，州郡不能決。

「丞相黃霸出視獄，坐殿前，令卒抱兒，取兩婦各十步，叱兩婦曰：爾輩既爭持不下，不如殺卻！

「長婦聆之，色變而已。次婦乃哀呼曰：誠非我子，願歸於嫂，幸勿殺之！」

黃霸於是宣佈：次婦才是真媽媽。兒子歸她。

當然：如果真媽媽一聽要殺嬰兒便昏倒，而假媽又聽過類似的故事，那判決就更難了——直到可以檢驗DNA。

另一些故事，也可見位高權重者能夠真正精明，是如何「物罕為奇」地獲得傳誦。

其一：戰國時一位主上想吃燒炙。烤肉送來了，甘香豐腴，一咬之下，竟有頭髮！主上大怒，正要宰了廚子，廚子痛哭：我該死！該死！真的該死！利刀切割，烈火焚燒，竟然有條斷不了的頭髮！

主上一聽，登時明白，嚴審那傳遞烤肉的太監，原來是廚子的仇家！

其二：也是太監。三國時一位主上，想吃蜜漬梅子。一口咬上，幾乎嘔吐——原來有老鼠屎！

主上可能聽過前述另一位主上的故事，秘密審問收藏官：你跟剛才取蜜漬梅子那個太監，有沒有過不去？

有。記得從前他要送他一鑊，我說這是公家的，沒有給他。

主上於是召集各人，拿刀剖開老鼠屎，裏面是乾的，可見是臨時放進蜜漬糖裏。太監於是叩頭如搗蒜，哀求饒命。

上庠佳士多宏願

備他一頂轎，
起他一個號，
刻他一部稿，
娶他一個小。

孟子說：「士尚志。」據說古代讀書人一旦金榜題名，做了朝廷命官，就要做這四件大事：一頂出入表現官威的轎、給人家表示尊敬稱呼的別號、表現自己才學的書稿，以及——唉，田舍郎那年多收幾籮穀便都想的——納妾。

現代香港法律不許納妾。現代女性或者也有人願做情婦，做妾侍恐怕就極少極少了。於是，不久之前，據說許多大學生的志願是「四仔」：

買架車仔，

供間屋仔，
娶個老婆仔（或嫁個靚仔），
生個乖仔。

比之古人，有同有異，其實也不外「書中自有黃金屋，書中自有顏如玉」之意。事隔多年，大學女生更多，「階級立場」於是難免變化。筆者一別港大十多年，〇七年之初，馮婦重為，發覺事事新奇有趣。某日，偶然拜讀學生報紙，方知如今港大（恐怕香港其他各大學也是大同小異）學生心中，基本任務有五：

一、讀書（也好，不管讀甚麼、怎麼讀，至少還把這學生時期理論上的首要工作排第一。）

二、住Hall（香港中小學絕大絕大部分走讀，如今大學宿舍，美輪美奐，酒店式設備，會所式享受，不住就笨了。）

三、上莊（此詞是否源於打麻雀？不知道，只知道七十年代初入港大任教，已聞此詞。參加各種學生社團，膺選職員，謂之「上莊」，滿期卸任，謂之「落莊」。過一下官癮，學習一下任怨任勞，當然是好的。）

四、補習（賺賺外快，買書也好、零用也好，以至供給下一項的浩繁開支也好，總有必要，許多少爺小姐就重此輕彼，把上課、導修甚至測驗等等，都靠邊站了。）

五、拍拖（大學年齡，正好青春求偶，女孩子尤其重視此段光陰，一旦畢業，認識適合的異性和社交機會很可能大大低減，蘇州過後無艇搭，及時宜努力，歲月不待人，作為五大志願的壓軸，合情合理合法之至。）

至於起號、刻稿？——out（過時）了！

讀孟偶識

孟子有句話，真是洞達人性，古今至理，可惜自己一向忽略了：「舜相堯，二十有八載，非人之所能為也。」（〈萬章〉上篇）。據說，唐堯選拔虞舜作為自己的首席行政總裁、首相、行政院長、總理大臣、總經理，兩人合作了二十八年，最後禪讓天下共主之位，然後去世。孟子說：真不容易呀！不是（常）人所能做得到的呀！

真的。後來荀子也說：「兩貴不能相事，兩賤不能相使，勢也。」兩個都是大飯桶，固然互相指揮不動；兩個都是大英雄，也互相服從不了。不只當事人威望相埒，能力相並，很難永遠誰服從誰：即使（而且往往是）兩人各自的手下，也你眼瞪我眼，最多只願做老大的老二，誰也不甘做老二的老二。此所以粵語片當年陳寶珠與蕭芳芳可能姊妹一場，那兩大批吱吱喳喳的「擁躉」，卻總要拚個你死我活。廉頗對藺相如嫉恨的溫度，起碼一半由門客提升，幸好藺相如寬宏大度，最後廉頗也極識大體。前時台灣國民黨、親民黨領袖連戰、宋楚瑜，也因為民進黨阿扁這個狡猾詭詐的共同敵人不好對付，經過長久磨合，才結合一起。要周瑜和諸葛亮勉強分出主從，合作二十八個月也難，不要說二十八年了！

此所以胡漢民宣稱：「黨外無黨，黨內無派。」實在是偏狹而天真的書生之見；反而不以人廢言，毛澤東所謂「黨內無派，奇奇怪怪」，才真懂政治。

《孟子．萬章上篇》很特別，九章都長篇大論，都以替帝舜等儒家先聖辯護，批駁不利傳說為主。今日看來，有些不免令人難以信服。設想千百年來許多人心裏也有懷疑，不過慄於師權，懷於功利，不敢明說而已。

當然，我們也不必如古代法家或者近代某些論者般一概以「謊言」、「虛偽宣傳」視之，以今日小人之心，度遠古君子之腹。一方面，人性人情古今相差不遠；另一方面，可信可靠的資料太少。有一分證據，說一分話，否則，就存疑保留，不加論斷好了。

至於《孟子》同篇所說：「身為天子，弟為匹夫，可謂親愛之乎？」又引孔子說：「天無二日，民無二王。」引《詩經》說：「普天之下，莫非王土，率土之濱，莫非王臣。」這些支配了國人思想二千年的話，今日已難有人信了。

作假追尊古有之

知命守義、開物成務，是可敬的真儒；侏侏於一先生之言，稍遇批評便大驚失色、奔走相告，是徒知習字作文、鄉曲酸秀才的腐態。

有些（請留意「有些」二字，否則又有人血壓上升、閒氣上湧）中國傳統真不可以「開出科學」、「轉出民主」。以美傳二千載的「堯舜禹湯文武周孔」道德而言，就當分別視之：其中有偉大、有非現代意義的「民主」，更有絕不科學之處。

當然不同意李敖柏楊的「惡烏及屋」，一棍打死。周公的策劃開邦、權力自制；孔子的由禮明仁，誨人不倦，確是百代宗師，雖則仁心的根源，人力的限制，後人仍須知所補充，不可「議論安敢到」地神化。

當然不必盡信錢玄同、顧頡剛等否定古史之論。傳統形成，總有其真實歷史基礎。不過，「堯舜禪讓」之說美化得過分，便與古今中外皆然的「愛子孫、好權位」人性相悖。假大空的話誰不會說？特別是權力地位，兒孫不成材則不放心，兒孫太成才也不甘心，如果不是「自古皆有死」，如果不是「年紀大，機器壞」，誰肯讓他人（包括兒孫）躺上自己的臥榻？做《尚書》意義的「民主」（為民之主）容易，行現代意義的「民主」（民為之主）？除非是共識已成、世風已改的近代！

堯舜一去，「禪讓」便已改為「世襲」而有第一王朝的夏。夏禹商湯之聖，不能保證不生出桀紂的裔孫，於是有湯武征誅，槍桿子出政權，不是和平理性、直接或間接投票的民主。當然，也有時地因素的技術困難，不像現代甚麼都有電腦那麼「科學」。

科學。在「作神物以前民用」的鬼斧神工，更在「黑白必辨」的實事求是。譬如說：孔孟所津津樂道，《學》、《庸》所傳為美談的「追尊文王」，便是以政治擺佈之權、宗族光榮之愛，去改變名實。

姬昌是殷商末代的西伯（西方諸侯之長），終其一生，並非天子。到姬發乘父蔭，得弟助，任賢使能，得到天下，便追尊父親為「文王」。千百年後，曹操雄才偉略，不過審時度勢，不敢代漢自立，只說「若天命有歸，吾為文王乎」，果然死後又被篡漢的兒子曹丕追尊為「武帝」。唐玄宗感激大哥當年讓出太子之位，給他繼承大寶，於是追尊大哥為「隱皇帝」——試問這種君主獨裁和作偽成了傳統，又怎能開出民主、轉出科學？

華元與中京

（一）

並非報道。不是預告。提議也不配。只是胡亂擬想。

各國貨幣，有約定俗成的簡稱：美金、美元、英鎊、法郎、馬克、日圓、盧布、港幣、加元、澳元……

祖國百年多難，幣制屢改，銀兩、銀元……國民政府北伐成功，發行「國幣」，外患內憂，國隨之「弊」，然後海峽兩岸分治，你發你的人民幣，我用我的新台幣。新台幣在北京上海，人民幣在台北高雄，不久以前，還是可以興大獄，落人頭的大事啊！如今？哈，平常而正常之至！

有朝一日，禹域大同，貨幣統一，以甚麼名稱為好？

漢語多諧音。幣與弊、斃，粵音都是一樣，幸好國語（唉，希望將來不再稱為「普通話」，而恢復簡潔莊嚴的「國語」）元、圓與完並不相同，「中元」、「華元」之類，不是很好嗎？

有人或者覺得陰曆「中元」七月十五是「鬼節」，那就用「華元」吧。

（二）

筆者慚愧：東西南北四京，只到過東京，而東京不在中國。（除非是古典意義：洛陽。）

「恢復漢唐，萬世長安」，是無數中華兒女的夢想。由於蒙古風沙的長期摧殘，周、秦、漢、唐的古都，西安，早已不能再作首都了。首都東移至沿海，是中古以來的歷史趨向。

宋承五代而都開封汴梁，面臨黃淮大平原，胡騎南下，勢如破竹，無險可守。南京金陵，六朝金粉之地，近代以來又與第一繁盛商市上海為鄰。歷史上以此為都者，無一強盛長久。至於「暖風薰得遊人醉」的杭州臨安，更無論矣。

廣州太南，更不在主要人口的國語區。武漢太熱太擠。北京七百年帝王之都，專制流毒太甚，加以風沙侵境，供水也成問題。將來首善之都，建在哪裏？

中京何在？慢慢再議吧。可以從速擬想的是：廈門金門合併，填海建巨型橋堤，再加北中南三大隧道，永遠連接台灣。

口

比起英文的mouth，「口」這個字，在形、音方面都似乎更勝。無論「一曲清歌、暫引櫻桃破」，抑或杯酒塊肉大嚼於血盆之嘴，「口」都象形；無論幼孩初學抑或耄耋衰翁以震顫的手繕寫，「口」字都只需mouth五分之一的精力——就是把那個O抽出、拉個方角便可。

聲音方面，固然先閉口、後開口，便衝出mouth前半的聲氣，可惜後半那個th，技術上有點複雜，不似粵語的「口」，即使唇舌腫痛，也可一出氣流便了，換成其他各地主要方言，也都只須喉嚨頭稍為用力，K他一K（請看北大語言學教研室出的《漢語方音字匯》），真是簡便之至！

所以，粗暴武斷地否定漢字，魯莽滅裂地要推行拉丁化的人，都應當（幸好如今也早就）閉口。不論聲音，形狀，中文「口」字，都給小孩帶來初學的喜悅，和成年人一生的方便。

所以，中國人向來都擅長動口——無論是吃喝東西，或者談東說西。東漢崔瑗（子玉）有篇著名的〈座右銘〉，見於《昭明文選》。

無道人之短，勿說己之長；
施人慎勿念，受施慎勿忘。
世譽不足慕，唯仁為紀綱；
隱身而後動，謗議庸何傷？
無使名過實，守愚聖所臧。
在涅貴不緇，曖曖內含光。
柔弱生之徒，老氏戒剛強；
行行鄙夫志，悠悠故難量。
慎言節飲食，知足勝不祥；
行之苟有恆，久久自芬芳。

其中主導的傳統儒、道兩家思想，其長短得失、以至是否為今人所嗜，此處暫不討論；值得注意的是：以「慎言」開始，「慎言」再加上「節飲食」結束（最後兩句是湊滿整數而已），都是就着口的兩大功能立教。至於更為人所熟知的，是由來已久、流播廣遠的格言俗語：「病從口入，禍從口出。」

要招福免禍，大家就探討語言藝術；想卻病延年，以至適當地滿足口腹之欲，人們就講究「飲食文化」。

飲食前後，少不免也有些語文藝術遊戲助興，有個謎語：

唐虞有，堯舜無；
商周有，湯武無。

謎底猜一個字。

——唉，如果你肯垂覽本文，那就實在太容易了！

四大

四川巨劫，凡有人心者莫不傷痛，莫不談說！

對人類來說，四大，可以皆「空」，更可以皆「凶」。

地、水、火、風，本來都是生命的必然倚仗。人依存於大塊（地），身體九成是氧化氫（水），呼吸空氣（風）而新陳代謝，正是養分的氧化燃燒（火）。不過，任何一「大」，水土不調，以至風乘火勢，都可以引起巨災大劫。海嘯、洪水、火山、颶颱，都可以在瞬息之間化廬舍為廢墟。至於地裂山崩，建築傾頹，斷垣敗瓦堆壓之下，遇禍者在黑暗中痛苦驚惶、飢渴，折磨久久才死，實在可怖可畏！返觀王安石的名言——「天變不足畏」，真是狂妄得不知天高地厚！

三十二年之間，唐山、四川兩次大地震，真是炎黃子孫的巨劫。不過，現在世局國情都早非昔比，「只死六個人」的可恥謊言，「自力更生，不要外國援助」的可悲驕妄，如今只讓緬甸軍政府獨佔了。態度的開放誠實，救災的戮力同心，四海七洋都有目共睹；遍佈全球的華裔，不論升斗小民抑或億兆富豪，都紛紛援手，不止展示了經濟起飛以來凝聚的綜合國力，更顯現了屢經摧折而不死的人心，中外觀感，為之大變，真可說是大壞事中的好轉機！

就在這段日子，海峽彼岸，貪腐、小器、偏狹、詭詐的民進黨執政集團，終之被受騙多年的台灣人民用選票唾棄。聲聲「謙卑」「感恩」的新生國民黨，透過內外才德之美都超軼出群的馬英九的當選與演講，向對岸表達了大家喜見樂聞的和平之音，這也是兩岸歷來最好的握手時機了！

老子《道德經》說：「域中有四大。」而人間之王居其一，但願現在得到聖人大寶之位的兩岸執政者，好好地體諒天心與人心，開展太平，這實在是一切華人的企盼！

天遣

「遣派」的遣。拜托，不要看錯、罵錯。不是譴責的譴。

有些自覺自義地「替天言道」的人，動輒把天災說成天譴。小心啊！小心暴露了自己的本性與面目！小心「涼薄」「冷血」的評價，大幅度削低了巧言如簧與妙筆生花的收視收聽率。

香港某些名筆名嘴，大抵因為自己和父母都深感受騙吧，怨毒所積，於是反戈一擊再擊，犀利無比——不過，犀利無比也是這把雙刃的凶器，它同時削薄了作者本來就不豐厚的仁愛公義之心，一篇又一篇漓薄偏激的暢銳生動之文，使本意憐才者一次又一次歎息掩卷，以至掩目。

長久以來，某些執政者的失誤，投機虎倀的醜惡，舉世共睹，不過，億萬老百姓不也是無辜的受害者嗎？因為信仰和政治取向的不同，就把某地區的特大天災譬如南亞海嘯、唐山與四川地震之類說成是造物司命者對某個政權的懲罰、譴責，實在是妄稱上帝之名、妄以神的代言人自居！

〈傳道書〉、〈羅馬書〉，都警告我們不可妄測造物主的旨意，因為這是僭越，而不只徒然自苦。〈彌迦書〉指出：上帝所要我們的，是行公義、好憐憫、存謙卑之心，與他同行。譬如台灣國民黨號稱以謙卑感恩之心，重執政權；掌權超過半世紀的中共，在無數次人禍，好幾次特大天災、特別是三十二年前後兩次大地震，也應該謙卑不少了。現在看來時機漸漸成熟，國共雙方進一步趨向對方修好，為後世開太平，為子孫謀幸福，這也正是基督徒孫中山先生的遺願，更也是天的遺派！

好一個天遣！

五族共和路阻長

三十六七年前了。教中國文史的華人副校長，與那位教《聖經》的英裔同事談笑正歡。偶然提起：

「為甚麼英文地圖，TIBET和CHINA字體一樣大？」

白人面色忽然更白了：「中國侵佔了獨立的西藏。」

「你以為就如英國侵佔印度嗎？」英國人的面，忽然又轉得通紅了。

往事，未盡如煙。筆者腦海中，英華書院那位Mr. Ronald Byatt的聲音狀貌，仍然鮮活。

從周秦到漢晉，匈奴是中國大患，千百年的競爭，一部分移到了歐洲，變成匈牙利、芬蘭；大部分混融了、同化了，加入了中華民族。

隋唐時的「突厥」（TURK）一部分變成土耳其（TURKEY），一部分也漢化了。跟着與漢人和戰不息的是「吐蕃」，即是TIBET。那個有時聯手入侵、有時助唐抗蕃的是回紇，又名回鶻，唐朝時亦敵亦友，杜甫詩稱為「花門」，即是近代的「畏吾兒」，現時的「維吾爾」，因諧音而簡稱「回族」（其所信也稱「回教」），早已是中國一員了。

成吉思汗和子孫的鐵蹄，曾經踏遍亞歐大陸。清初與滿洲結盟，同信喇嘛教。晚清民初以來，中國衰亂，帝俄、蘇聯趁機挑撥；二戰結束，外蒙獨立，內蒙在中國是熱、察、綏、寧等省，後來又變成「自治區」了。

帝俄、蘇聯又挑撥西北信仰回教的民族先獨立，後併入自己。老將左宗棠抬同自己的棺材，萬里平亂，建立從清朝到民國的行省「新疆」——就是另一個「新界」。這個名詞，可能並非千百年來的原住民所喜。中共建政，又改為自治區。如今東土耳其斯坦組織頻頻伸手，「疆獨」又是一個中國大憂了。

台灣岩里政男李登輝拾倭寇唾餘說：「中國最好裂為七塊。」看着中國復興，不少上兩世紀侵侮過中國的人也都這麼想。炎黃子孫的當代領袖與群眾，怎樣籌謀？如何應付？怎樣「聯合世界上以平等待我之民族，共同奮鬥」，以「開萬世之太平」？

補記：本書第一版出版前夕，二〇〇八年十一月十三日報載，兩週前英國外交部網站發表「承認西藏是中國一部分」的聲明，這是百年來首次。

論台獨

台獨，不是沒有理由；但是，恐怕必然沒有好結果。台獨與反台獨，可說是廣狹大小兩種民族主義的鬥爭。

台何以欲獨

一、獨立尊嚴，幾乎人人想有。何況四面環海，容易有孤立而自立自憐心理的島民？野心的領袖人物，更必利用群眾「莫作牛後」的心理，以便自己成為「雞首」。

二、「宰相有權能割地，孤臣無力可回天」；當年中國（唉，其實是清廷）棄我，是不仁在先，我今離他獨立，不為不義。

三、日本半世紀的統治、管教，暴烈而嚴明，貴「和」而賤「漢」。二戰之後不久，又經濟興旺，許多方面仍然遠比中國進步，於是許多台人奴日成性，不少野心不息的日人，更常常挑撥，使台灣離開中國，以便將來「重歸」日本。

四、二十世紀大部分時期，中國貧弱落後，抗戰八年，更拖得民窮財盡、「慘勝」因原爆而意外迅速到來，百官因久貧而貪鄙，遣台人士，更剛愎無知、貪污腐敗，台人普遍不滿。台共與台裔日本舊兵更乘機擾動，國府忙於剿共，反應過當，造成一九四七「二二八」大慘劇。遷台之後，更只知禁抑隱瞞，於是怨毒久而不釋。

五、西人好侵略，怵於黃禍，不欲華人團結富強。

六、海峽對峙數十年政經文化差距甚大，中共建政以來嚴重失誤太多，絕大部分台人不想（至少在短期內）與他「一國」。

七、中共從未統治台灣；況且，以「中華民國」而論，更遠在中共之先，毛澤東以下的第一代頭面人物，都曾戴青天白日的第八路軍軍帽。

八、明末之前，台灣是無主之島。

九、「有唐山爸，無唐山媽」，當年漢族移民，絕大部分娶當地女子。繁衍至今，台人或有平埔以至其他非漢族血統。所以有人辯稱並非數典忘祖。

十、美加澳紐、阿拉伯列邦之例，可見一族同祖，亦可多國。海峽兩岸兩國，更可共存共榮。

台何以難獨

一、中國傳統以分為變，以合為正。天無二日，民無二王；普天之下，莫非王土；率土之濱，莫非王臣；春秋大一統，「九天閶闔開宮殿，萬國衣冠拜冕旒」的夢想雖成過去，「金甌無缺」的理念依然還在。國土分裂，視為巨災大忌。

二、鴉片戰爭以來，中國飽受屈辱，日寇尤其兇悍橫暴，犯下滔天罪行，凡有血性良知者莫不髮指！中國抗戰八年，犧牲千萬人命，才換得台灣光復。國共對峙，台灣仍稱「自由中國」。如果分裂出去，甚至不久又併入某一野心外國，何以對列祖列宗和百姓子孫？何以向當代十多億國民交代？

三、台灣在國防上太重要——扼守東南海疆，控制蘇浙閩粵諸省，等於不沉航空母艦，一旦為人所有，所謂「太阿倒持」，不只無以交代國民，連生存也受到威脅。

四、骨牌效果與連鎖反應，長久以來，西藏（連同青海和昔日「西康」）古時則是與唐為敵的吐蕃，近代則被佔有印度的英國挑撥。清末西域回部建省而為新疆，今則稱維吾爾自治區，受到西邊中亞細亞「東土耳其（突厥）斯坦運動影響，北方領土興安、熱、察、綏、寧各舊省今稱內蒙古自治區，亦不排除與早已獨立之外蒙合併而離開之可能性」。台而可獨，孰不可獨？昔時日寇所謂「中國本部」，所餘有幾？

所以，台而倘獨或者外國入侵，大陸必打，不管美國如何超級強大。至於經濟倒退，以至主辦奧運之類，何足一算！

（本書刊出此文時，北京奧運已經成功地成為過去！）

五、國民黨二蔣時期，雖與中共相仇，而從不自外於中國，中華文化教育與大陸傳統一脈相承。民進黨執政以來，「去中國化」與時俱烈，但中共方面反而漸漸回歸傳統。經濟改革開放三十年，巨龍騰飛，舉世皆見，所謂「衣食足則知榮辱，倉廩實則知禮節」，民智民主，大勢所趨，遏無可遏，其對海內外華裔人心之凝聚，亦隨綜合國力以俱增，台人習性「西瓜靠大邊」，且亦不乏宏識明智之士，只要兩岸（尤其大陸方面）主政者不犯嚴重錯誤，某些外人希望中國發生的又一場民族大悲劇，應該可以避免。二〇〇八年春，國民黨勝選，重執台政，台獨傾向應可減弱了。

扁偏徧諞騙編翩

台灣婦女過千萬，福祿壽全是扁媽：
拜佛求神似有靈，連任總統出她家。
家中寧馨名隨便，隨便水扁叫呱呱[1]。
愛拚勤敏真會贏，年年第一智堪誇，
代作論文媾富女[2]，如簧巧舌粲蓮花。
大學初逢黃信介，台獨思想大萌芽。
暴動高雄美麗島，挺身代辯勝喇叭！
台北初任市議員，聲討錢穆逼離家[3]。
豈憐素書樓無主？阿扁原未愛中華！
立法院中作委員，炮聲隆隆導眾譁；
出角露頭民進黨，南長北扁競舌牙[4]。

首善之區雄辯得，台北市長望上爬。
小馬哥來剋星在，飛龍或躍暫墜窪。
岩里政男老奸巨，明扶暗助力潛加[5]。
公元二千三黨競，連貶宋黜盡輸家，
得票三成登大寶，巧偽能堅弱府衙。
譁眾才長治國短，四年執政事事差；
以小對大逞機智，覆雨翻雲噪亂鴉。
曲折迂迴謀獨立，半遮半掩抱琵琶。
寧為雞口毋牛後，謾言大邊靠西瓜[6]。
近逢大選國親聯，誓復藍天耀彩華！
慘綠厭看謀屢出，公投幾度出椏叉。
又賴扁嫂推輪椅，助陣時時語聲沙。
關頭最後巡南市，忽來兩彈射不差；
不傷心肺不損頭，唯有蓮膝添小疤。

誰謂槍枝無眼目？只把肚皮稍劃花。
宰相肚內可撐船，何況真命天子龍肚奔騮驊！
阿扁素來多鬼馬，又聰台人票猛加。
更有綠營執政縣市尤難問，廢票卅萬亂如麻！
上落鋸拉爭持烈，一千萬票二萬差；
天佑台灣佑阿扁，選道多乖彈道斜！
惹得連宋雷霆怒，要請法庭盡徹查！
阿扁君臣急應付，聲氣不改面不赧。
正義未彰多廢話，溫言接受出袈裟。
總統府前民不散，誓還公道始還家！
白帝冷觀赤帝看；且看扁腹無腸公子縱橫爬！
後事如何難可料，順口打油唱吱喳[7]。
身在南洲心在漢，唯祈上帝赦罪佑中華！

簡注：

1 陳水扁生貧戶，據云父母文盲，登記者乃因「隨便」諧音而遂名水扁。筆者稱之曰「吹水扁」——言其謊詐不窮，誦人不倦也。

2 扁自承在台大時為吳淑珍作論文槍手。

3 蔣介石尊錢穆而居以素書樓，扁謂僭佔市產，逐離，錢公旋終。

4 齊名者謝長廷，後主高雄。二〇〇七年下半年，民進黨提名競選明年總統以繼吹水扁，扁之副手呂秀蓮公開承認政權是由他們「幾張嘴騙回來的」。

5 李登輝自稱二十二歲前為日人。

6 「西瓜靠大邊」，台諺，即「附隨得勢者」之意。

7 二〇〇四年三月，吹水扁連任之後，原形更露，筆者感而賦此，當時謂且待續「篇」。其後四年間，扁醜益顯：妻兒壻媳、親族近臣，無不驚人貪腐。數十萬台人紅衣遊行，欲倒之而未果。二〇〇八年春，扁任滿而民進黨亦敗，扁家多罪俱發。本書第一版校刊之際，讞猶未定，蓋詐偽者之巧智亦逾常人也，然法治既彰，真相終當大白。陳水扁由自號「台灣之子」而淪為共鄙之「台灣之恥」，亦可悲矣！

南洲西北望神州

澳洲。我們安居的地方。在文化史上從來是最接近歐洲的地方。在地理上，永遠是亞洲近鄰的地方——除非天旋地轉。

現代西方國家最接近中國的地方。

至今為止，講英文的政治領袖、最識講中文的地方。

前時奧運聖火世界旅程，在進入中國之前最後一站的地方。

也是一路上比較順利、最多人揮舞紅旗、嚇阻藏獨以至疆獨的地方。

中國留學生遍天下。華裔遍天下。只要那件事合乎公義、順應人心，自然得道多助、風靡世界。四川大地震，政府與軍隊應急扶危，普獲讚揚，就是佳例。

當然：不是人多勢眾，便一定公義；正如不是人少勢孤，就一定是值得同情的弱勢群體。

如果——如果「人多」的背後，是一個未盡洗心革面的、屢犯大錯的強大政權；

或者「人少」的背後，其實有一些魑魅魍魎，侵略成性、剝削成習、挑撥分化，無所不用其極，群眾就更加要保持清醒、增加認識、不被愚弄、不受蒙蔽。

北京政府，要切實檢討整個立國之道，不要以為經濟起飛，分餘惠予國內少數民族，便可以解決信仰與自尊。

幾百年來宰割世界的白人強權，要真正遵守神的公義與誡命，不要再驕矜地自封為上帝選民，為了壟斷既得利益，而繼續歪曲事實、賣弄詭計。

左右世人耳目的世界性傳媒，不要用文字、用鏡頭，欺騙群眾，最後破壞了公信、破壞了人類互信、以致種族與文化的衝突，變本加厲，而陷彼此於萬劫不復！

02

我人你鬼佢摩羅

讀中文 看世界

聖誕快樂——對不起

「聖誕快樂……」

「抗議……」

「對不起。閣下是對的……」

＊ ＊ ＊

讀者諸君可能看到一頭霧水。

小弟回港四星期，深夜返到悉尼，明晨一看早報：

「昆省官小校長好人難做，祝聖誕快樂也要道歉」

原來澳洲東北昆士蘭一個小鎮的政府小學校長，因為聖誕期近，在三份由孩子帶回家的學校通訊中，提及「聖誕」至少十次。

很平常，是嗎？

不是。就一個左士（Jowsey）家庭來說，就「怒從心上起，訴向信中申」——他們一向不慶祝基督徒的「聖誕」，因為他們不信耶穌，他們認為澳洲歷史上不合理地由基督徒控制。校長又直接或間接歧視他們這些不信教的人。

大概為了息事寧人吧，況且，政府學校又不是教會機構，沒有特定宗教立場，於是校長急忙覆信道歉，說：

「事後反省，本人應用『假日季節』，不要用『聖誕節』……」

布里斯本天主教 John Bathersby 大主教認為：全國都接受聖誕是澳洲傳統節日，不應有人覺得冒犯。昆士蘭教師工會會長 Steve Ryan 說校長沒有歧視這個家庭。該校家長會也解釋：校長通訊是出於一番好意，不用道歉。昆士蘭邦總理 Peter Beattie 更說這家人的投訴，是「政治正確到瘋狂」！

每分鐘都要面對不同家長的校長 Laurelle Allen 則不肯評論此事——可以理解。

不可理解的是：為甚麼「入鄉隨俗」（西諺亦云：「在羅馬，做羅馬人所做的事」）這句應該是四海皆準的格言，有人竟如此背逆？

你不喜歡，可以不來呀！

三四十年前了，有位認為只有孔子誕才可稱「聖誕」的朋友，在回覆賀卡時，特別加上「耶穌」兩字以示別，筆者印象奇深，以至於今。

同日悉尼報章頭條：〈雪梨（原文用此譯名）南區海灘爆發種族暴力——中東外客遭醉酒暴民追打〉。

——語言、膚色、風俗、宗教……無一不可以成為人際歧視與爭端的導火線，希望不要有朝一日，陳某要因此而要遁回香港。

何謂N·S·W·

這個問題，對稍懂英文者，已經看來無謂；在新南威爾斯大學對該校的華裔青年提出，就似乎別有玄機了。

對了，當年筆者，就想如此提起聽者興趣。（幸好事後沒人節外生枝、誤會、斥責。）

N·S·W·，就是Not So White——八、九年前，受浸未幾，被該校基督徒學生團契邀約講論中國文化與福音問題，一進校園，突然有所感，於是以此作為提問，引起話題。所感由於所見。所見「憧憧往來」，很多、很多是黑頭髮，黃皮膚，恐怕不少是港產，更大部分是華裔。

新南威爾斯大學雖然只是「州立」（「州」字本來不妥，暫不論述，以免橫生枝節），歷史也不悠長，可是研究聲譽、教育成績，一點不遜於老牌的悉尼大學，國立的A·N·U·。亞裔僑生趨之若鶩，良有以也，豈徒然哉！

話題由口而出，「出口」原來也就是問題所在。「教育出口」。

澳洲起初並不在乎北鄰的亞洲。「遠親勝於近鄰」，當年的澳洲人都這樣想——因為他們都是英裔，大英帝國國勢如日中天，領土遍於全球，霸權雄於寰海，連其他白人也不大瞧得起，何況有色人種！

那時肯降貴紆尊，來澳定居的英人，真是天之驕子，在悉尼的，所過更是神仙生活。（唉！有些還是覺得貶謫了，因為出了蘇彝士運河。）天氣與倫敦相比，簡直是天堂；家居之寬敞舒適，唉，且看時時拍賣的那些百年老宅，參觀參觀，流連低徊，想想當年輿豪宅、宴賓客，簡直人人都佔有整個大坑道當年的虎豹別墅！當然，高視闊步於悉尼大學的，也就恍如祖家的牛、劍了。

祖家究竟太遠，親人不大肯來，人口密度太低，國防、生產，在太平洋戰爭時就捉襟見肘，於是二戰之後，也歡迎其他歐裔，當然，還是「白澳政策」。澳洲大學出現黃膚黑髮？有，不過寥比晨星。

然後，七十年代，英國為生存而入歐洲共同市場，萬里之外的澳、紐，要多照顧自己了。羊毛工業，也漸漸如過了正午的太陽了。生存，靠生意；生意，看出口。——出口甚麼？

教育。

移民子弟學中文

半世紀前，聯合國成立，中文是五大官方語言之一。奈何國亂民貧，不久又內戰分裂，前期暫保聯國席位的外交代表蔣廷黻，由於個人能力、當時形勢考慮等等因素，竟採英語而棄中文，致被敵人伍修權一語譏斥，正中要害（「剛才那個用英語發言的，能代表中國人嗎？」一）而遺憾蒙羞，終生難以忘記。

許多年前，中文大學校長在某官式場合發言而不用中文，事後也為傳媒嘲說不識大體，不知自尊自愛。如今世易時移，許多人苦練而成字正腔圓的普（再提一次，口水請勿隨過度強盛的氣流噴出）通話，可以大派用場了。

連澳洲總理陸克文 Kevin Rudd，都說得一口流利優雅的普通話了。

世事長宜放眼量，也不必放得太長。萬載以前，人類語言過萬；千年之後，國際最通行者不知何語。就我們這幾代人來說，一個佔了世界四分一人口的民族，一個綿延了六七千年的文化，那一種語言文字，又怎會不重要呢？何況我們又（由於造物者美意吧，基督徒應該如此相信）生而為炎黃子孫？

當日移民成風，許多人恐怕下一代「輸在起步點上」，於是在原居地領事館輪候表格、在屋中裝箱準備的日子，已經「家人溝通英語化」，如手檔汽車「入波」般，希望引擎轉數相符而順利切入。這個方法，在留居在兩岸三地的人學英文反而有用，因為家外都是中文環境，非家內洋化，英文不易進步。倘若移民英語國度，一出家門，撲面而來的空氣都已是一團「英」氣，還怕學語言黃金年齡的孩子，不短期內就自然流利嗎？怕的只是父母自己，迅速落後而被兒女輕視，怕的只是孩子變了黃皮白心的香蕉、兩頭不通的「竹升」（舊日苦力的竹挑杆）！

可憐天下父母心，明智而有遠見者因此殫精竭慮、勞身焦思，教育兒女二文三語，以作一生的裝備。悉尼著名的「國際使者文教使團」辦有多間中文學校。幾年來畢業禮中，筆者屢屢勉以他們名字的四個重點：生於今時今日的國際社會，肩負造物者所予的使命，在文化教育的崗位上，做好百年樹人的神聖工作。移民父母決斷英明，移民子弟幸有賢父慈母，學校勞苦功高，贊助機構提高商譽，益人益己——可賀之至！

誰來教袋鼠

澳洲——可能其他西方社會也是——未來的大問題，下一代的憂慮（不是「隱憂」了），應該在於教育上面。

荀子〈大略〉：「國將興，必貴師而重傅；貴師而重傅，則法度存。國將衰，必賤師而輕傅；賤師而輕傅，則人有快，人有快，則法度壞。」——「快」，就是「輕率任性」，即某些順非而澤者；所美稱為「唯情」。澳洲青年人的普遍表現，就是如此。

筆者在港教了十年中學，二十多年大學，於是前期同事，後期學生，許多都是中學教師。他們十年來不斷告訴筆者：回歸以後，工作大不易為，興趣索然，而且愈來愈懷疑有沒有意義。案牘則勞精疲神，學生則怠惰無禮，職業上的滿足愈來愈少。二〇〇七年上半年，筆者應邀回港大重為馮婦，所見所感，真的如是！有幾次忍不住在講堂說：慶幸自己早已提前退休！

話又說回來：香港究竟是中華文化之地，尊師重道，餘風猶在，不比西人風習：

Those who can, do; those who cannot, teach. 所以，teacher 云云，學非專業，業難致富，雞肋工作之一而已，「尊重」云乎哉！

教師不敬業樂業，學生不尊師愛師，這兩種現象是惡性循環地互為因果。澳洲的朋友說：此地洋老師除了極少數有種族偏見者外，對一般較「乖」的華裔學生，特別喜愛，因為他們上課較守秩序，也比較尊敬師長。他自己的小兒，從小學到大學畢業，到社會工作，都與好幾位舊老師保持友好聯繫。

一份英文時事雜誌近期有個封面專題，痛陳中學教師之苦；學生則蛇蟲鼠蟻，家長則猛獸毒蛇，他們待己（和子女）極寬，而要求教師則甚嚴。許多大學畢業青年，滿腔熱誠，加入中學工作，不久就發覺多年前美國那齣著名電影《黑板森林》（*Blackboard Jungle*）所繪所描，仍然存在！學生不愛敬、家長不尊禮、社會不重視、升職不容易、待遇不優厚——「五不」實在難忍，於是劈炮炒魷，「蟬曳殘聲過別枝」，許多中學，就漸多「才難」之歎了！

唉！筆者「幸好」耳順多時，安心賦閒，靜乞上帝優容，「從心所欲不逾矩」好了！

英語篩選限移民

感謝造物之主，筆者年過耳順，所以一切更不奢求；性喜詼諧，所以尚可自謔自解。（當然，碰到有人不知首尾，或者信仰上先存成見，於是詆之責之，也沒有辦法。）否則，普世尚 I. T. 而在下不懂電腦，所居重洋文而筆者英語不好，長居此地，想不精神崩潰也很難了！

想當年，從小學到研究院，自己的教育媒介都是中文，學語言的黃金年齡，平均每年講英語真的不超過十句。（而且都是 simple sentences，其中大半更是在英文口試時勉強奮勇所講。）畢業後做了中學教師十年，一半時期還「榮任」副校長，每天應付洋同事，於是英語稍進。可惜他們都溫文儒雅，又節奏緩慢，字正腔圓地遷就華人師生，所以自己聽力仍然差劣。後來到了港大，教的是全校唯一使用中文的科系，除了申請升職「三司會審」之時，或者隨意參加文學院月會發白日夢，此外並無多大「聽講」機會。至於「讀寫」，除了可向同事請教的「官方文件」和聊備一格、本質「荒謬」的博碩論文審查報告「英文譯本」之外，機會也實在不多，於是社會地位未必提高，而英文水準實已大降！

好在仍可滿足十多年前澳洲移民要求，於是漸漸變成袋鼠。安居十年，絕大部分時間與同聲同氣者打交道，除了購物、維修水電之類，須用簡單英語外，連電視也拜愈來愈方便的轉播之賜，於是悉尼生活，不過恍如住在尖沙咀或者，自我抬舉一點，恍如山頂區而已！

山頂的白人，看看「各色人等」漸漸聚在山腳，紛紛爬了上來，安全感大受威脅，於是拿出辦法，傾下白色的乳漿，讓他們紛紛滑倒，無法爬升，甚至不能接近！

不是「乳漿」，是「語言」的「主張」——考英語！

近幾年來，資源用得最多、出路也是最好的各大學醫學院，已經採取此法。有色人種的下一代，進得醫學院的實在愈來愈多了，不可不想辦法——理由堂皇正大：「要與同事、病人充分溝通」，於是入學口試英語。可是也難不倒從小在此長大的青年。後來也取消了如此規定。如今，拔本塞源，理由是要新移民融入主流社會，於是：移民定居，入籍，都要考英語！問你死未？

我人你鬼佢摩羅

在澳洲（可能在美加也是）不罕見、不愉快、也不算嚴重的場面：兩個（或以上）華人，用中文（特別是因有入聲而顯得既快且硬的粵語）交談，即使聲浪不算響，也有個洋人（以或老或少為多）忽然厭惡地、警告地、「殊——」的一聲……。

甚至噴出如此一句：

「滾回你的祖國！」

分不清、也不屑搞搞清楚、你是從越南、台灣、香港抑或中國大陸而來，總之，他們就聽不懂、聽不慣、聽不順耳，以至厲聲訓斥你，要——

「講英文！」

世界上，只有英文嗎？講母語，不是人權嗎？他們白人（特別是英裔的），是原住民嗎？

沒辦法。在人矮簷下，哪得不低頭。以和為貴，可忍則忍。真的忍無可忍，才據理力爭，甚至訴諸法律，此刻，還可以忍。

忍着氣，多走幾分鐘，便進入悉尼科技大學的演講廳，參加中國留學生組織所辦的研討會，題目是：

Racism——還存在嗎？中國有嗎？

當然有，人性。

二十多年前從香港來，由留學生至當議員的副市長（當然是衛星城鎮，大悉尼嗎？還遠着），十多小時前從香港來，走遍美加星馬的「穌哥棟篤笑」林牧師，兩位講者，異口同聲的說。

筆者也從人所共知的常識補充：前賢也說「非我族類，其心必異」；「戎狄是膺，荊舒是懲」，遊牧與農耕民族的長期鬥爭，動輒毀家滅族，廬舍成為廢墟，不得不提防、警覺。

即使沒有戰爭吧，人都「安其所習，毀所不見」，怪異的容貌、不解的語言、難明的風習，曾經以和平、寬容自詡的華人，也叫人家「鬼佬」、「番鬼」、「摩羅叉」。

是的，膚黑似墨，髮亂而虬，不是梵經的摩羅（魔鬼）、夜叉嗎？碧睛赤髮，鈎鼻深目，不是《聊齋》、《搜神記》的惡鬼嗎？

甚至同文同種，南北朝時，也有「索虜」「島夷」的互詆；近幾十年，更有「撈鬆」「阿燦」的相稱。

當然，有時我們也「釋出善意」：英吉利、美利堅、德意志、智利……好一副妙聯：

「公門桃李爭榮日，法國荷蘭比利時」，不都是上佳字眼嗎？

聊復爾爾

除非特別聲明，否則，在統一譯詞的報刊寫文章，「滿地可」一定被改為「蒙特里爾」。無他，同一刊物、同一地方，而有兩個名稱，確是混亂不便。另外，北京當局與北方華語（即所謂「普通話」，筆者仍然喜稱「國語」）的政治與人口優勢，當者披靡，所以，無法不「爾」。

好在（某上庠教習曾在港府研討會大批判所謂「過時口語」，拙著常用此詞，亦得隨金庸等大人物入選，榮幸而打冷震之至。又「好在」多年來目睹耳聞，無數活生生道地「國語人」照寫照用，老懷大慰之至）海外華人地區，一則鞭長莫及的香港，政令不及；二則粵人仍多，約定俗成，可以「爾為爾，我為我」。年前筆者首度觀光滿蒙——不是在下竟然響應當年田中義一奏摺所云：「欲稱霸世界，必先壟斷亞洲，必先控制中國，必先佔據滿蒙。」是「滿」地可，Montreal，大陸官譯「蒙特里爾」，不過，當地華文刊物，包括所見幾個教會，皆稱「滿地可」——意思好，又簡潔，更似法文尾音高響，所以為人樂用。（當然，北大人發音不同，是以不「可」。）

筆者棲身 Sydney，情況稍異。一則悉尼雪梨，都是兩字；二則難兄難弟，都不合原音；三則香港、台灣多用之「雪梨」，雖然「清甜潤肺」，卻也與生果之名無別；所以，雖然修女仍比尼姑多，還是「悉尼」。

Sydney 幸好中間無 R 無 L，北人譯音不會又加個囉哩巴嗦的「爾」——幸而也沒有逢 D、T 必「德」——請打開舍下那本北京中國地圖出版社有關敝處之圖，上海人最多的，是「阿什菲爾德」（Ashfield），南區最多華人的，是「赫斯特維爾」（Hurtsville），舍下之鎮是「林德菲爾德」（Lindfield）——去年西田 Westfield 大商場，出中文告示牌招徠，不知哪個紅鬚軍師替它譯作「韋士德菲爾德」，結果：顧客絕無增加，因為大家「唔知嗡乜」！

近年漢城（Seoul）改名首爾。韓人民族自尊甚強，即如盡廢漢字，實在太過，就如有些民進黨人喜稱「福摩薩」，沒辦法，他就是不想稱為「漢人之城」，而變了「以爾為首」。否則，改稱「大城」「大京」不是很好嗎？

蟻

「多」而又「小」，此蟻之所以可怕。

「蟻多螻（讀平聲，如褸）死象」，簡潔生動的粵諺，永遠鮮活地描繪了螞蟻大軍的無堅不摧。蟻海戰術，前仆後繼，恆河沙數源源不絕，不要說大笨象，連侏羅紀的大暴龍，也一樣變成化石。

「極權專制」加「社會主義」加「計劃經濟」加「無限繁殖」，蜜蜂螞蟻，真的是地球上最恐怖的軍隊。那名特級肥婆、群眾母親、獨一女王、絕對領導，比眾民碩大千倍，高高在上；身邊永遠環伺着「群雄」，比晝作夜地充當面首、姑爺仔；然後無數工農兵、蓋世太保，興建金字塔、長城、集中營、奧斯維辛，為偉大的「她」，前仆後繼地不斷努力、犧牲，「作出了無私的貢獻」。

當然，牠們並不偉大。而且，蟻比蜂之更為可怕，正在於渺小。蜂能飛，似乎優勝，不過形體圓大，藏匿不易，行蹤易被發覺。蟻，一粒芝麻的空間，牠已經可以狐步探戈；

僅容一線的縫隙，就是牠的河西走廊，出西域、驅突厥、逐匈奴、抗吐蕃，無施不可！

蟻，顯微鏡下，真像一匹駿馬。所以稱為「馬蟻」（然後上字類化，再成「螞」），牠又比馬字多了一雙腳，兼且大顎堅強，可比獅虎的牙爪，更能分泌毒液，含有「蟻酸」（　　）——以上空位，敬煩專家填上化學分子式。最重要，重複一句，還是「多」不勝數，「小」不易見。悉尼所見：兩天前廣州電視台還剛播映牠的芳容，轉眼間原來已經「自由行」到了香港，而且參與西九建設大計。

據說是特別可怕的紅火蟻：地土一片紅，進侵烈如火。好在，據說，只做原野游擊隊，不喜上樓做寓公。不過，很難說。一夜之間，革命農民搖身變為「擔番口雪茄，真正係大款」，習性或者基因突變，紅白二蟻可能聯手立即將無數座阿房建章、摩天大廈，一一塌垮。

澳洲向來對動植物入口緊張防範得要命。正因為這個南方大陸萬千年來孤懸海外，對北半球的世界的許多東西不能免疫，所以關防不得不緊。如何防範紅火蟻先頭探子隨行李甚至褲腳鞋底而南下，實在大傷腦筋！

澳洲有女又亭亭

澳洲少女大都可愛！

世代和平安樂，所以大都健康活潑、爽朗愉快、樂於助人，胸無城府……。

澳洲少女許多可厭可憎！

驕縱任性、只知享樂、不通世務、不知自制……。

其中一項常見惡習，就是抽煙。

澳洲藍天白雲，山青水明，確是人間樂土。即使鬧市，也空氣清新，因為人口不多，而朝野又都注重環保——只可惜，有些人身在福中不知福，就是某些褲穿超低腰，口啣半根煙，吞雲吐霧、旁若無人的少女。

真金髮、染金髮、黑髮；直髮、鬈髮……甚麼髮都有，髮絲之間，都隱隱透出煙氣和臭味。

報載最新調查顯示：經過十三年努力，澳洲人抽煙率下降百分之三十，煙民只佔全人口百分之十七點四，是全世界抽煙比率最低地區之一。

只可惜，澳洲少女抽煙者倍於同齡男性，尤其十六七歲者最多。開紅色跑車者，更甚。

「西子而蒙不潔，則人皆掩鼻而過」。當然，澳洲少女聽過「孟子」和他這句話的，十萬人中也沒有半位。

何只孟子？她們對父母輩也絕少星期天去去，祖父母輩虔誠參加的、傳統西方社會精神主幹的基督信仰，就更加冷漠。十四五歲後，身體成熟而心靈空虛，於是紛紛作「煙」視媚行狀，以為如此可以利於求偶。

亞裔、特別是中、韓、日移民，家教較好；不過，「一傳眾咻」，那個年齡更是親同伴而遠父母，幼年已經在此的更是絕對黃皮白心，不離家出走已經托賴，還想她保持東方少女的相對的溫文嫻靜？

從小參加教會的好一點，不過，作為ABC，她們小不免大都參加英語崇拜，而許多青年傳道人受某神學院影響，竟多把保羅在〈哥林多前書〉十四章三十四至三十五節的話孤立、擴大，認為婦女不應主持教導，因此和所屬華語教會的教牧長執大生矛盾，往往演成人事糾紛，甚至決裂！

不一定因此上而分裂的移民家庭，又往往因女兒長成，就業不易，於是回港工作，機會多一點，生活也熱鬧得多，只是據說普遍趕時工作，戴月披星，晚歸早出，父母聽見（甚至看見），又十分心痛！

君家有女初長成——唉，在澳洲，閣下煩了！

駐外使館與國民

上世紀八十年代初，那時筆者在港，發夢也不會想到移民澳洲。澳洲籍的先父回來，剛好要換護照，筆者於是陪他到時在中環康樂大廈的領事館，館中一位金髮白膚少女接待，起初頗有禮貌——一知道家父是澳洲公民，當堂更有禮貌：不因家父是如假包換的華人，只因他是納稅公民，而禮待公民，是政府人員的當然職責。這件小事，印象極深。後來先父過世許久，筆者才以「中文教師」資格申請移民，對澳洲的熟悉與好感，應該是原因之一吧。

澳洲二百週年紀念，一九八八年，那時仍未想到會定居南半球，只是應邀到某大學演講，順便初度觀光此國，自然遊覽坎培拉使館區，只見各國外交機構美輪美奐，阿房建築形式那座尤其親切……

竟然響起絕不親切的熟悉的國語——唉！「普通話」，原來使館職員隔着緊閉的鐵閘，與另外幾個操此語言的黃膚人士口角，大概是拒絕一些甚麼吧。

下一年，胡耀邦女兒滿妹在西雅圖，知道父親病危，向三藩市領事館求助，對方冷冷的拒絕，並且掛斷電話。隔了兩天，領事館來電道歉，說：「不知道她的背景。」一「要有背景才得到自己政府的幫助嗎？」前時港報發表滿妹的回憶文章，這事才廣為世曉。

日前香港全國人大吳康民說：現在情況大大改變，不那麼「官本位」，因為最高領導人也提出「以民為本」，孟子二千年前的老論了。最近埃及車禍，就可見使館人員態度已改，果真如此，好！

英靈長倚新金山

筆者自知人事，半世紀居港，只在九歲時回到父祖之鄉新會一次，既無照片留下，腦海印象亦空白模糊，只記得小船與河水。先父拋家萬里，在墨爾本雜貨店傭工數十年，養妻活兒，退休回港，去世之後，筆者才又申請移民來居悉尼市。二〇〇三年十一月初，忽然收到墨城四邑會館來信，那地址正是自己當日寫了三十多年的街道，真是無比親切。

廣州與中山西南的新會、台山、開平、恩平，一向合稱「四邑」，又連鶴山而稱「五邑」，如今共為「江門市」，是著名的僑鄉。中國老百姓十居八九是貧農，晚清內外交困，閩粵沿海人民，為了生存，便攜子挈侄，乘桴浮海。漳泉二州，唐山過台灣，遠至菲島、泰國。香山（中山）人到悉尼。四邑人到墨爾本。

華人稱墨爾本為新金山。曾經在舊金山開礦的澳洲人 Hargraves，看到墨爾本近 Ballarat 一帶山形地質與美國加州相近，靈機一觸，運用邏輯學的類比推理以開採成功，於是發達！尋金熱因此在澳洲東南興起，華人又紛紛來作艱苦的礦工，以養家自養。留下來的子孫與繼至的邑人，漸漸生根發展，於是有「四邑會館」。這時一百五十週年，邀筆者為文助慶，成詩一首：

吾鄉稱四邑，俗淳景物優。
台山新會合，恩開兩平疇。
西水連田澤，珠江三角洲。
劉宋立新郡，隋唐設岡州。
風氣開先導，語言存古謳。
建築東西會，資訊中外郵。
通文少隔閡，護土有碉樓。
壯懷志四海，繁衍遍五洲。
古今多賢哲，濟眾展宏猷。
白沙繼孔孟，聖學靜心求。

任公救時弊，新民為國籌。
美澳開金礦，邑裔助鍬鍪。
血汗寄鄉邑，豈為一身謀。
暢庭建鐵路，鼎三駕天舟，
懷緬彼先賢，親和我後修。
移民新福地，來處古南洲。
循規守法度，敬業安居留。
喜沐多元化，欣歌進步謳。
墨城有會館，今慶百五周，
綴辭恭敬賀，桑梓樂悠悠！

暢庭是台山陳宜禧，由美歸鄉自建新寧鐵路，鼎三是恩平馮九如，自造飛機救國，都是清末愛國華僑之表表者。

北京奧運（二〇〇八年八月）前夕，墨城四邑會館為悼念一八五七年七月四日在北蘭（Buckland）產金區澳洲首次排華大暴動難胞而建紀念碑，囑筆者撰文，於是作嵌字聯一副：

北望鄉邦，昔伏今飛，摯志永懷舊國土；

蘭珍根本，憐傷喜續，英靈長倚新金山！

同僑同邑心意，於此略表，希望大家指正。

暴與賴

「富歲子弟多賴，凶歲子弟多暴」。孟子〈告子〉上篇這個名句，真是名言至理。富裕的國度，豐足的日子，青少年多數驕奢懶惰；貧苦的地方，窮困的家庭，子女們容易兇悍。孟子說：「非天之降才爾殊也，其所以陷溺其心者然也。」——不是老天爺降下不同品種的人，是人自己在不同環境放縱了不同的劣根性。

澳洲華報的本地新聞版兩段訊息：

其一：三分一澳人，沒有存錢；半數人的收人，僅僅夠用。人均負債二萬大元，沒有儲蓄，國家前途大有可慮。

澳洲這個「幸運國家」的人，特別是青少年，真的是「寵壞了的一代」。政治太平，軍事無憂，食物豐盛，幸福似乎必然，於是只知吃喝玩樂、徵歌逐色，夢死醉生，不知人間何世。

亞洲各邦因為國家多難，人民比較富於憂患意識，可惜有些生意成功的人，熱心留在原居地賺錢，送了孩子單獨在此，物質的供應充足，而監督教導乏人，往往迅速變為花花公子，染金毛、食白粉、交黑朋、看黃帶、嫖賭飲吹，酒色財氣。

另一段新聞：雪梨高級餐廳可卡因泛濫，年輕專業人士，成為最大客源。紐省警察廳長也承認：大量毒品泛濫街頭，許多家頂級館子的男、女廁所，早已變成癮君子的樂土。吸食者明知有害，只是好一時之快、好時髦、不信邪、不計後果，於是跌下深淵。

筆者對吸煙人士，縱使未算是「吸毒」吧，從不掩蔽自己的輕視厭惡。吸煙噴煙，害己害人，早已一再宣傳，舉世周知，仍然如此放縱自私，實在可惡！特別是上坡之際，前面有人吸煙或持煙，臭氣毒霧隨風強迫進入後來者的鼻孔、肺腔；掩鼻則呼吸不繼，急行則吸氣更多，真是無奈而憤怒！

忍恥包羞是勇兒

二〇〇五年五月上旬，悉尼海灘發現一具青年浮屍。是在市中心旋轉餐廳侍應的大陸學生。獨子，家有祖母、椿萱在華，暮者在澳。報章所述如此。

執筆時所得資料：據他同事說，當日他一時肚餓，取了件麵包吃，被已將他降職的老闆當眾斥罵、辭退。

是不是因為素性沉默內向，當時又訴苦無方、慰解乏友？是不是未嘗受辱如此，因此難以堪當？不知道。

「無面目見江東父老」，貴族英雄項羽，當年拒絕了同情他的船夫的好心，自刎烏江，勝利於是歸於市井流氓、屢挫而不折的、經常出現於筆者專欄的劉阿細。

「輸得起」、「在甚麼地方跌倒，就在甚麼地方爬起」，真是說比做容易。原本在項羽麾下是低級員佐，到了劉邦身旁就成了大元帥的韓信，將兵則多多益善，滅楚則十面埋伏，原來當年當街當巷，也嘗受胯下之辱！

君子不吃眼前虧，就狗一般爬過去。就像阿Q精神的Q，Q下面那一條小蛇小蟲，鑽入了，又爬出去。留得青山在。

其實並非不記恨，只是把恨昇華成了奮鬥的動力；並非不報復，只是採取「感謝你給我上了一課」的方式，好好給當年那個羞辱自己的人一個獎賞。

真也算「萬事互相效力」。

劉阿細也真了不起，除了韓信，輔佐他的又有周恩來——唉，不，寫錯了，是張子房，留侯，即是張良，也是「貌好如婦人女子」，與當年天津南開中學反串花旦的「人民總理」一樣。

花旦也曾經粉臉緋紅，幾乎忍不住，拂袖而去。

那個糟老頭也真太過，又要我替他拾臭鞋，又伸出更臭的腳，要我替他穿上。又兩天都臭罵我遲到，好，今天我就努力，早到給你看。

結果，據說，就看到了那本秘笈。照着修練，結果成了首席軍師，替大漢王朝創業之君出謀劃策。

「匹夫之辱，拔劍而起，挺身而鬥，此不足為勇也。天下有大勇者，卒然臨之而不驚，無故加之而不怒——此其所挾持者甚大，而其志甚遠也！」

「勝敗兵家事不期，包羞忍恥是男兒；江東子弟多才俊，捲土重來未可知。」

三落三上的鄧小平，應該遺囑萬萬千千一胎化的產兒，多讀大蘇此文，小杜此詩。

搜海寶船不殖民

二〇〇二年十一月底澳洲華報頭條：「鄭和兩手下最早發現澳洲獲證明」，小標題：「逗留數月，探索多處，建小村落，並發現寶物」——確是富有新聞價值和歷史價值。

可是，完整地發現、繪畫並且佔領澳洲的，畢竟還是歐洲人，而且是英國人。文化不同，做法不同，結果不同，歷史就是如此。

大陸農耕文化民族，安土重遷；除非農村破敗到無以為生，才會少壯散之四方，閩廣百姓，才會飄洋過海；不像海洋商業民族，乏田可耕，不進取冒險，挑戰風濤，就無以生存、繁殖。下西洋、下南洋、下東洋、下北洋，在歐洲沿海各國是自古慣常之事，在中國，說來說去，重要的就只鄭和這次。而且，鄭和本來就不是漢人。還有：明成祖命他航海，本來就不是要找殖民地，而是恐怕被他奪去政權的侄兒，還沒有死，可能遁往海外，伺機反撲。所以後來情況已定，就立即停止了偉業。

英王喬治三世失政，北美十三州英裔被迫獨立，奮鬥成功，世上於是有了現今唯一的超級強國。如果當年鄭和下西洋，建立了直轄州郡或者藩屬國家，以中國傳統政治的黑暗，腐敗，山高皇帝遠，海闊蛟龍多，像唐代小說人物虬髯客般稱雄海外，自立為王的，恐怕史不絕書了。

又或者如果當年鄭和（或者他的部將），像傳說中的秦朝徐福一樣，帶了一千幾百童男童女，留下東南亞，西南亞，甚至澳洲，開枝散葉，我們現在的雪梨、墨爾本、布里斯本……等等，會是甚麼名稱、怎樣面貌呢？

僑教中文亦四化

在世界性強勢的英文作為主流的地方，例如與英美加紐同列的這裏澳洲，推展中文教育實在絕不容易。幸賴有心人多年努力，才有今日的成績。成績斐然的國際使者文教學校，有次舉行聯合畢業典禮，筆者榮幸應邀講話，就以該校芳名為綱領，提出共勉的四點：

視野「國際」化：我們不可數典忘祖，更不可作夜郎、井蛙。從地球村到天下一家，是總的世界趨勢。當然，太空衛星也有發射基地，要認識本身的「一元」，才可以參與貢獻於「多元」社會，以求同存異，相濟共榮，澳洲就是培養這種胸襟見識的好地方。

心態「使者」化：心中無主，俗語謂之盲頭烏蠅。基督徒尤其以榮神益人為「大使命」。為了老闆，人會「上有政策下有對策」；為了自己，人會以「問心無愧」來欺人自欺；唯有信仰一切都為真主而辦事，才是「無愧的工人」。

修養「文教」化：只有人類，才有文化教育。所以立志要「早」，以免「老大徒傷悲」；要「高」，以期無負天才，不枉此生；最重要是要「好」，行公義、好憐憫、存謙卑的心與主同行，世事雖然無常，這個從天而來的呼召卻是不變的。

生活「學校」化：也只有人類，才有學校。學校是情、理、法並講的好地方，更是五育並重的栽培所。教育即生活，學校即社會。畢業之後，生活即教育，社會即學校，活到老，學到老。

書奴籲天錄

書的煩惱

「愛詩，你愛我，你不介意婚後，家裏仍然滿是我的——不，我們的——藏書嗎？」

「鍾書，我愛你，當然也愛書，特別是你名叫鍾書。只是，婚後閨閫溫馨，當然不必擺書。另一個房間將來是小寶寶的天地，更不要放書。廚房浴室，有煙有火，更千萬不能有書。走廊本來就窄，放了書架，嬰兒車都推不過了。除此之外，你喜歡放多少書，我都不反對。」

鍾書仁兄始則驚喜，繼續聽下去一想：新居只有兩房一浴一廁，合而為一的「客飯廳」也只放得下飯桌與小沙發；為了女朋友嫁得開心，只得完全放棄第三者——書。

鍾書愛詩當然是化名。真人真事發生在二十多年前筆者兩位快要結婚的年青朋友。

日前與另一位老友在唐人街茗聚，他說：「好險！當日要移民離港，除了幾本大書冊之外，所有的書都準備半賣半送給專售文史冊籍的店子了，怎知上飛機前夕，他突然被業主瘋狂加租，只得收檔，老婆大人唯有恩准我裝箱托運，十幾年來工作，幸好還有這批書參考。

「唉，不過兒女都不是我這一行，將來這些書不知怎辦——也沒空再想了。總之，不離不棄，收檔至算！」

香港有位作家兼新文學研究者退休了，全部藏書捐了給服務幾十年的大學，於是留校做藏書的研究主任，結果見到喜愛的新書，自己還是忍不住又買。澳洲的大學，真的有能力好好的照顧中文書嗎？市立圖書館？更不必說了！

多藏則厚亡

藏書不少而又不精，真是不妙；尤其是：藏書者總有一天不在人世。

「身後是非誰管得」，是的，不過，人總有感情，總希望所愛的人、物，在自己不能再加照顧的時候，有個好安頓、好歸宿。

「觸、受、愛、取」之後是「有、生、老、死」，佛家的十二因緣觀如此說。為兒孫以至為貓狗寵物之類「託孤」不困難；因為他（牠）們總有所謂「天年」，天也賦予生物一定的力量，照顧自己。不懂得「自己顧自己」的書籍、文物，如果價值高、價格好的話，也不愁沒人照顧。那些著名古董，以至圓明園被猛獸般的侵略軍（就是某才子替他們作辯護士的那一批）打脫的狗頭，在拍賣場還有人爭着出手，值他若干千萬呢！

即使不那麼誇張，一般古董文物只要肯捐，許多博物館都樂於收藏；吾友前港大教授和理大圖書館長黃曾伉儷，退隱西澳，把大部分唐三彩、明青花之類慷慨惠贈塔斯馬尼亞島博物館，館方真的珍如拱璧，立即闢房室、出刊物、隆重虔敬地接領，還柬邀贈者友好出席觀禮呢！

承蒙前輩大俠梁羽生（筆者稱之為「生公」，此名於是通行雪市）惠贈一冊《翰墨緣》，原來已經出版三年了，他的《大公報》舊上司、好朋友李俠文先生，把所藏古今名家書畫瓷器文房珍玩，贈予中文大學文物館，館方於是編印圖冊，硬面精裝，讓不必擁有也無緣觸摸甚至也不能實際觀賞的人，一看圖像也好。

說起來也真要感謝現代印刷術，否則許多國寶，真只容「乾隆御覽」了。不過，也正因為印刷容易，得書不難，寒儒如在下者，竟也藏書二萬——也不及吾友潘博士銘燊三分之一，聞說他早在沙田置有工業大廈單位，只為庋藏他那七萬多冊的寶貝！

「是不是都看過？」不斷有人問。筆者答案是肯定的，不過範圍只限於封面與書脊。或者目錄、開首幾頁，也在書店書攤翻過一次吧。西施還未教好吳宮歌藝，趙飛燕已經作了掌上之舞，然後楊玉環又有霓裳羽衣之曲，坐擁書城的人，室中佳麗何止三千，三千寵愛又不能在於一身，又怎能免於「盡日君王看不足」呢！

讀書人移民，最要緊是攜書與俱，以解寂寥。有些朋友離港前夕，遺散藏書，以為輕車簡從；到埗不久，就噬臍莫及，大大後悔！

書奴苦惱甚衣奴

一位美麗的澳洲文友，在美麗的聖誕前夕，以「衣奴」為題講述她美麗的裳衣。當年伊甸園中，夏娃裁剪了第一片蔽體美身的樹葉；稍後，軒轅黃帝滿頭大汗地戰神農（因為炎帝之地一如香港台北，定必既濕且熱），一頭霧水地打蚩尤（所以後來蚩尤就帶着大霧，矇查查遁去了倫敦），忙得不可開交之際，螺祖，我們的高高高高祖祖祖婆，就忙於織衣料，造時裝，誓與比雅卡丹決一高下。

螺祖與夏娃到處掛放衣服都沒有問題。那時，整個世界都是walk-in。不過，她們都太好生養了，不久便子孫多如地上的沙，而地球總吹不脹，於是寸金尺土，連那位文友小姐都要把幾間屋子的存衣，整理整理。

衣食住行本來並不包括書籍，不過，在有了所謂文字與文化以後，書籍就以簡牘，以縑帛，以紙張，以光碟等種種方式，佔據了我們生命的時間與生活的空間。尤其我們這類人，幾十年唸的是舊籍不能捨棄，新書不能不讀的文史哲，住的是逼窄的白鴿籠，在香港搬了十多廿次屋，移民裝了幾百個紙箱，虐待得自己最慘的，都是有增無減的書籍。書籍對於我們，就如毒品對於道友，唉，聲聲戒戒戒，還是吸吸吸！於是，買不完，讀不了，放不下，捨不得！

藏衣遠比藏書好。衣服可摺，不重，可以送人，可以賣錢；書籍惹塵，沉重，有語文限制，連大學圖書館也怕不夠空間，不一定歡迎捐贈……

筆者老矣！自建圖書館之夢，實現遙遙無期——書籍啊！我的奴隸主啊！我怎辦呢？你怎辦呢？

中文何處有安家

澳洲亟需完備中文圖書館！

一九八八年，筆者因此地某大學邀約演講，曾捐書籍十餘冊。幾年前有機會重臨舊地，發覺大部分中文典籍都是胡亂擺放，質量編存，在在不足。其他等而下之的高等學府，情況只有更壞，這個情況，與澳洲大學的中文水準，遠落歐美先進之後，當然互為因果。至於此地華人特別是華人下一代的「國學」情況，華人自己如果不關心，相信就必然沒有別人關心了。

關心的人不是沒有，只是力量微小。筆者十多年前定居之初，就已呼籲此地最大的華人機構、香港最高學府在此地的校友團體、以至華人教會等等，注意此事。可惜秋風過耳，聽者藐藐。幾年來許多次訪問加拿大，溫、多兩大城不必說了，連只有十多萬華人的卡加里，五萬華人的愛民頓，都在市中心有個堂堂正正、名符其實的「中華文化中心」，財團法人管理。我們雪梨呢？只在北區 Chatswood，只在大廈腳下一個小建築，既無常設講座，又無中文學校，唯一吸引的是免費展覽場地。藏書嘛，唉，隨便香港一個中學教師（也不是教中文的）的家藏，比它還豐富！

藏書多又如何？一旦息勞歸主，論斤賤售也沒有「收賣佬」垂青！這是筆者之流年過六十之後愈來愈大的「顯憂」——憂心中華文化典籍的無處容身，無法澤及懂中文者的後世！有心人啊！有辦法嗎？讓我們大家想想！

以老子應付老子

老子《道德經》的名句：「甚愛必大費，多藏必厚亡。」（王弼注本第四十四章）很愛的東西，必然多耗費；收藏得愈多，失去的也愈多。如何是好？怎麼辦？

答案也是在老子。最後一章：

「既以為人己愈有，既以與人己愈多」，把所「甚愛」的、「多藏」的，公諸大眾，獻給社會。

所愛的，擁有過了；所藏的，鑑賞飽了；自己尋求，選擇，收購，研究，保存，種種努力告一段落，種種願望早已滿足，時機成熟了，有可信可靠的機構團體承諾負責以後保管，向公眾開放，展覽，親眼看到這些慨然捐出個人的寶藏，變成國家，社會的寶藏，人生最有意義的事，莫過於此。

前面提過：十多年前在港大，熟稔的中文系同事、詞曲專家黃兆漢教授，夫人理工大學圖書館長曾影靖博士，家中古董甚多，都是專家鑑定過的珍品，他們在閒談時早已常常提起：希望退休後把藏品好好安置。只是當時九七將臨，局面混沌，不是適當處理的好時刻。

時刻到了。十月下旬，筆者忽然收到塔斯馬尼亞（或稱為「省」，或稱為「州」，有人還爭論一番，其實應當是「邦」state）博物館「半」封來函（伴同的觀禮邀請卡寄失了），通告一個大喜訊息：黃教授伉儷，把差不多兩百件珍藏，捐給該館！

「南洲國學社」記

國學南洲有社群

「以中文為生的中年中國人，移民外地，不會快樂！」一位香港政論家如此說，十三四年前了。

是的，如果「年紀漸老、不懂電腦、英文不好、退休恨早」如筆者之流，溪澗魚蝦投進了汪洋大海，又如何是好？

政論家的推斷，不是沒有道理。好在，人更懂得「相濡以沫」——就是文化生活的交流、分享。

十二年前左右吧。可能拜當日香港亞視「龍門陣」時事評論節目之賜吧，悉尼一些新朋友對在下有點好奇之心。承蒙當屆澳華公會副會長盧太之邀，在她擔任主要贊助人的 Frenchs Forest 觀音寺，講授「中國對聯藝術」。南海大士的瓷像，在上面拈花微笑，即使昔年韓愈復生，相信也會變〈原道〉、〈佛骨表〉的激烈，為〈送浮屠文暢師序〉、〈送高閑上人序〉的溫婉吧？再加以交通不便，有興趣研習下去的聽眾，於是移師到卓士林（Chatswood）火車站附近的寒舍。一到週末，騰出車庫，釘上白板，繼續「之乎者也」。

最早的這批學友之中，默默耕耘、服務盡心的梁德全兄，至今仍然每週相會。他一定記得清楚：大家公推當時早過七十，而精神矍鑠、興趣甚濃的黃森先生，擔任班長。到「森叔」倦勤，離開了我們一兩年，大家就另舉熱心能幹的伍容嫣薇（Florence）女士接替。

筆者辦事粗心而缺乏耐心，所以房子買後，人人都覺得「低、細、矮、迷、貴」，藏書又藏人，人又在書中活動，空間根本不夠，於是申請地方議會（所謂council）批准，在後苑（唉！請不要想像是李後主「雕欄玉砌」的那種），搭建了平台，加了上蓋，既省劏草之勞，又便會友聚朋，談天說地。

天地確是不遠。上面是可開可合的活動簷篷（‘vergola’），板下是叢莽仍是奮然滋生的草地，三面通風，上下漏氣，所以戲稱之為「五風堂」。有時艷陽久照，寒風怒號，共稱「高士」的潘世昌兄就身先士卒，略展他的服務熱忱和身材優勢，替大家拉下捲簾了。

開始後不久，星期六就分成上下午班，大家既已到來，就乾脆四書諸子，研習於飯前；古文詩詞，吟賞於餐後吧。這個朋友間的鬆散組合，就名之為「南洲國學社」。

學社蝸居會眾君

舍下週末上下午的「南洲國學社」之會，開始了不久，社員馮胡萬英女士（Mary）有個早上來電，說有好幾位女士，星期二上午家務稍閒，想一同談詩論文，於是又開了新班。過了兩年左右，又因澳洲中國書法協會邀我講對聯，大家聽出興趣，開始逢星期三晚上假座友文堂書畫用具店樓上講習，漸漸星期二上午班併入。後來 Mary 要常常回港，大家就公推書法協會會長，德高望重的孫桂權醫生做班長了。

二十世紀最後一年，舍下遷居蓮田（Lindfield）現址。二十多年前，是同任醫生的一對夫婦所建，所以間格成前診所後居室，與一般家宅不同。

筆者把一入大門的有蓋空地加了透明捲閘，便成外廳，來訪者不必如常脫鞋，便可安坐。筆者自己向來喜歡釘木造架，胡亂掛上了三塊白板，上方畫了歷朝分合表，旁邊豎了幅可以旋轉展示的立體中國地形圖，牆上高懸香港鳳山藝文院何叔惠老師墨寶的社名牌匾和嵌字對聯，又有他的老友、筆者敬重感念的前輩蘇文擢教授的惠聯。一進內室，是木櫃鋼架林立的書庫。在澳洲，筆者要找自己工作範圍的學術資料，主要就只能靠它了。

以上便是個人自修、朋友共學的一個小天地（不要說「王國」），就此建立了。室外是被視為「白象」的游泳池，包在外廳、客廳、臥室之間，連同鄰居之牆，活像個四合院。與悉尼一般民宅比較，設計間隔頗為特殊，筆者更把它弄得不倫不類，可是使用起來，倒也稱心如意。泳池三邊空地，又加建了活動篷篷，外廳旁邊，是空置的「姻親房間」（in-law）和盥洗室。於是風雨陰晴，都可藏修遊息。星期六下午班中間休息那半小時，更以此為茶點閒話的佳處了。

想不到一年稍多，便須暫別。

暫別是因為意外地承蒙台灣嘉義中正大學之邀，前往任教。於是，隨着一連串熱情送別之後，國學社的講課，連同一年來與基督福音堂合辦、反應極好的「中華文化五千年」每週講座，都要中止。這是二〇〇一年的夏天。

台灣澳洲，實在相距甚遠。台北悉尼的航機班次固然遠疏於香港，中正機場到中正大學，又須五小時有多的車程。加上政局改變，社會情態和文化風氣，與八十年代中葉客座台中中興大學時大大不同，於是教了一年，便意興闌珊，婉辭台灣朋友們的好意，歸家去也。

十年風義樂斯文

二〇〇一年夏，乘興而任教台灣；兩個學期，興盡而歸袋鼠之國。於是一年之前，在南洲國學社「中止」的，不是「終止」；而基督福音堂也再辦「唐詩班」，恢復講學，不久又移來舍下，更在「平平仄仄」之前，每次加講「說文解字」、「蒙學要籍」。同學們人數多，「夫妻檔」特多，又有「三大國手」和「潘家四傑」，真是興高采烈。又選出了識廣文健的雜誌主編、波蘭夫人毛佩芳（Patty）為班長。幼年來澳，中文竟然比香港同班絕不遜色的本地法律大學生龍雲本，熱心服務，眾人都視他如弟如侄，於是被增選為「副班長」。

南洲國學社從一班發展到四班，春（團拜）秋（賞月）二會也年年舉行，帶眷攜朋，觥籌交錯，又有大俠梁羽生前輩，時時應邀來會，闊論高談，真是融融樂也。「Ming 姐」（陳甘麗明女士）、Stephen（蔡英良兄）以至陳顯榮醫生，歷年所攝照片，一部分收在文集，鴻爪雪泥，真是可珍可貴的記憶！有幾次還同時候舉行朗誦表演，粵國語之外，還有富於古典趣味的潮州話呢！這都是拜我們祖宗文化的親和凝聚之力所賜。

當然，許多社員同時也是教會弟兄姊妹。社員之一，本地癌症支援組織「更生會」會長楊迺才律師，發覺許多社友同時是他們那個義工組織的熱心支持者。又有週六下午徐民強、星期五晚鍾平兩兄，以及來過幾年的翁光明醫生，都是一九六三至七三，筆者任教中學時的「英華舊侶」。民強兄更唸過港大中文系，教過中學中文。彼此超過四十年的良好友誼，真是人間福氣，要感謝造物司命了。民強又不只中文方面多所「起予」，時代尖端的 I.T. 修為，更是到今還只懂中文「電」、「腦」兩字的筆者所望「徐」莫及！二〇〇六年，國學社足足十年了，大家為了記錄生命中的雪泥鴻爪，就編了一本文集。民強兄與黎秋明、馬佩珠三位擅用電腦的同學，在封面和版面設計上，為大家貢獻了許多心血。

文集內容與成就、功勞都是大家的，當然，工作小組主席Florence統籌奔走；蔡英良兄等各位組員在財政、總務上群策群力，社員的鼎力支持，其中贊助者的慷慨熱心（特別是刁啟昌醫生），大家都永遠銘記。

「十年了，下一個十年又怎樣呢？」潘振輝博士和民強最近提起的，也正是筆者多年來的所夢所想：在悉尼，有一個名符其實的中華文化中心，包括了講學、展覽、圖書館，安頓了移民者想貢獻社會的所藏與所學。且看「有心」與「有力」，何時配合吧。

十年了！人生有幾多個十年，幾多回喜樂呢？除了各人所仰所信外，最重要是一班每週相見的文化朋友，讓這本文集，記錄了我們的喜樂、我們的感恩！

03
東京之祖是北京

讀中文 看世界

他們也又玩火了

二〇〇六年聖誕節後，對中國，其實對整個世界，特別是東亞，包括日本自己，都不好的消息：

三年後，日本可以有核彈了。

聖誕節次日，日本內閣會議批准——二〇〇七年一月九日開始，防衛廳升格為省（唐朝意義：中央行政部門）。在北韓（朝鮮）進行首次核試後，日本反對核武的立場已經有所改變。當局認為：憲法並沒有禁止以核武自衛。而且核子武器美國可以有，別人為甚麼不可以有？中國有，如今北韓也有，日本怎辦？

其實，站在許多日本人立場看來，他們已經忍耐得很久，克制得太過了！

文化傳統，不是短短幾十年便能更易，民族性更是千年難改。美國的人類學家班乃迪博士（Dr. Ruth Benedict）的著名講法：「菊花與劍」，真是精闢。世人且莫只賞京都古寺的幽玄，而疏忽了長久以來，日本以武士道為大和魂，小小三島，而竟企圖以割取滿蒙以征服中國而「八紘一宇」，主宰世界！

日本是至今唯一吃過原子彈的國家。不過，他們許多人並不悔禍，並不承認是懲罰，他們一方面否認南京大屠殺之類罪行，一方面經常哭訴，說當年美國炸他是太過。一九八〇年之冬，那時「竄改教科書」風波還未爆發，筆者在京都嵐山渡月橋邊臨川寺，就在那個所謂「日中不再戰」和周恩來詩碑之旁，參觀了一個戰爭紀念場館，滿眼都是威榮的誇示，就懍然於軍國主義思想的陰魂不散，於是寫了好些詩文，加以記述。好久沒有到日本了，那個展場，不知如今仍然在否？

最新消息：靖國神社有關二戰的解說牌文字，又更換了，更多日本人民不知真相，不懂悔改了。

何必當年拒日侵

「你們實在何必抗戰！」

一拍枱，他，酒後吐真言；久積心中的話，衝口而出。

他，一位來訪的日本教授。晚飯談興正濃。精通華語。出身於二戰末期，可能是關東軍的通譯。

二十多年前了。在港大中文系時，一次難忘的私人聚會。

不是全無道理。馬、牛、羊被獅虎豺狼追噬，何必逃命呢？馴畜柔弱的細胞，消化、轉變而為猛獸剛強的細胞，不是更好嗎？你可以不稱之為吞併、侵略，你可以視之為合作、同化。

橫豎彼此膚色、髮色、面目都一樣，都用漢字，只不過中間多了一些秋蛇春蚓。台灣人、朝鮮人，不是大體都服服貼貼嗎？「皇民化」了姓名之後，且看：政界、學界、財經界，許多名人，XX一、XX二、XX三之類，不是風生水起，更像一等公民桃太郎嗎？

可惜人不是禽獸畜牲。個人、民族，都保有自尊、懂得自重。更何況，連龜鼈蟲蟻，都會爭取自由，掙扎自主，何況人數幾億萬，歷史數千年的炎黃子孫？

說甚麼「同抗白人」？你們早就服膺福澤諭吉所謂的「脫亞入歐」！

說甚麼「大東亞共榮圈」？你們的兇殘橫暴，早就更甚於俄德英法！

誰願意做奴隸？誰願意做馬牛？縱使犧牲慘重，我們還是要抗戰！

當然，樹大有枯枝，有些不知正義公理為何物的，不只是民族，而且是人類中的敗類，還替侵略者抹粉塗脂，為他們最後所得應有懲罰而哀鳴抱怨——從前香港替廣島怨罵美國的某導演、近年盡露狐狸尾巴的岩里政男李登輝！

二〇〇四年十二月，法國一份中文版《汽車雜誌》廣告：崎嶇山路上，一輛豐田新車，拖拉着影射中國土產東風大卡車。華人輿論譁然。差不多二十年前，筆者在港已經看過一幅四分一版的廣告——設計者必定有華人——大字標題：

「十億人民的希望」

下方圖畫，是舉手歡呼，如飢如渴的萬頭攢動，中間是一個巨大的，某牌子日產電視機。

也是一張國恥圖片，於是剪存，製成高影機膠片，常常用來示眾。

上庠抗日滿江紅

一九三四即七十多年前，一二八事變日寇瘋狂轟炸上海。商務印書館被焚。萬千卷珍貴古本、天壤間僅存者，化作飛灰。

一九八〇年冬，筆者在京都大學人文科學研究所作訪問學人，眼見中文、歷史、哲學三系汗牛充棟的中文古籍，各教授個別研究室從地板排上屋頂的全壁藏書，歎羨之餘，知道二次大戰時美國為了保存古典文化，決定不炸奈良、京都；原子彈也只擲在長崎、廣島。

當初抗戰既起，故都淪陷，北京、清華、南開，三所中國一流的當地黌宮，流亡後方，在顛沛流離中保存文化，在憂危苦痛中栽育人才，成立了「西南聯合大學」，那首校歌，敵愾同仇、激昂慷慨，調寄〈滿江紅〉，是中文系名教授羅庸所作：

萬里長征，辭卻了、五朝宮闕。暫駐足，衡山湘水，又成離別。絕徼移栽楨幹質，九州遍灑黎元血。盡笳吹、弦誦在山城，情彌切。
千秋恥，終當雪；中興業，須人傑，便一成三戶，壯懷難折！多難殷憂新國運，
動心忍性希前哲。待驅除仇寇，復神京，還燕碣！

北京，當時稱為北平，是遼金元明清五朝首府。西南聯大先徙湖南，長沙不守，再轉昆明，國家棟樑之材，從古都移栽邊疆之地，自當傲雪凌霜，經風耐雨，不改楨幹之質。華人黑髮，故有「黔首」、「黎元」之稱。日本人也是黎元，千多年前學我之文、蒙我之惠，晚清以來卻侵我之土、殺我之民、掠我之財、辱我之國——如今，是生死存亡的民族聖戰，戰爭笳鼓與弦歌誦讀之聲，交織在西南一角的山城，凡有血性者，都填膺悲憤！

最重要是化悲憤為力量，自強不息，輩出人才，才可興邦雪恥。這樣，即使屢敗，還可屢戰；即使戰至僅餘一小隊軍人，幾戶口百姓，民族的脊樑還是不斷。殷憂啟聖，多難興邦，中華舊邦，其命維新。孟子說：「天將降大任於斯人也，必先苦其心志，勞其筋骨」，「所以動心忍性，增益其所不能」；整個民族也是如此。「一寸山河一寸血，

十萬青年十萬軍」，奮鬥不屈，最後勝利必屬於我。到那時就驅除敵寇，就可以還都復校了！全首熱血沸騰，迴腸蕩氣，真可使「頑夫廉、懦夫立志」，應該是中國歷來校歌中最悲壯感人的一首。

何以不做亡國奴

到了七七，才高血冷的文人，可能又賣弄詞華，說抗日戰爭是自討苦吃。正如在港大時，某年與一位來訪日人晚飯，灌了多杯清酒，他就忍不住口出濁言——混濁的腔調、清楚的中文字句，不是當年做過關東軍或者來華間諜吧？

——「你們當年如果不搞甚麼抗戰，或者一打敗便早早投降，幾十年下來，情況一定比現在好！」

可能是吧。二十五年前，初旅東瀛，已經在東京神田區神保町著名的書局街，買了本《異族支那の統治史》。絕大部分是看不懂的假名。憑漢字，當然知道這些自命「天照大神」的後裔，狼子野心何在。

道家當然早就說過「塞翁失馬」，佛家也早就高言萬法本空，一切都鏡花水月。可幸中華立國，還有本於人性良知的儒學精神為脊樑，知道甚麼叫成仁取義，寧死不辱。而並非都像另一個才高血冷，因此也號稱不喜歡韓愈的周作人，崇日成狂，落水而為敗類，活該他「壽則多辱」！

依這類不知人間公義與羞恥為何物的「高人」看來，中國當年今日，不還擊侵略者，很可能有下列好處：

一、早一點接受日本式管理，好像台灣，當年就遠比內地工業化，有效率。（當然，也多了大批倭奴輝。）

二、不至淪為極左思想試驗場，千千萬萬人浪費青春，甚至枉死；當然，也很有可能上海、南京、北平（不叫北京了）、西安、廣州、瀋陽……通通被美軍原子彈轟炸，億萬二等國民，陪廣島、長崎的「一等國民」受死！

三、大規模通婚，無數非中非日，亦中亦日的「新人類」，再假以年月，所謂大和民族就像同出阿爾泰系的滿洲人，同化於炎黃子孫的億萬黎民之海！（如果桃太郎獸性大發，不只南京大屠殺，簡直像當年蒙古滅金之後的想法：盡殺漢人，化農田為牧地，或者與納粹希魔爭強比勝，你殺六百萬猶太人，我殺六千萬、六億萬支那人，怎辦？）

四、日本騰出強大軍力，無論南進吞澳紐，抑或北進與德國會師滅蘇聯（以至將來進一步又反滅德），都可早日實現「八紘一宇」的大和天下！（億萬華人因此就更要做陪死的炮灰！）

抗戰，只有一個理由：就是不做奴隸！

冷血與自侮

「我們歷來把『罪惡的軍國主義』與『水深火熱中的日本人民』區分開來，將戰爭根源歸於天皇制法西斯主義的說法，是多麼的一廂情願！」

說得好！「一廂情願」四個字尤其好！卒之看到大陸的出版品上，有這樣的一句話了。

雖然這句話早已在六年前刊出，只是，這記刮得很應的耳光還是遲了點——刮在那批欺瞞人民者的臉上，也刮在無數甘受欺瞞的人民臉上。

劉燕在所譯津田道夫所著：《南京大屠殺和日本人的精神構造》「譯後記」第二篇。

有甚麼人民，就有甚麼政府；有甚麼政府，也就有甚麼人民。互為因果，互相影響。

二十多年前，筆者在維園講話，在學校演說，在報刊上發表文章，也就這樣說。

同意、響應者不少，當然也有故作超然、自命冷靜的涼血之輩。香港大學某舍堂的大字報，就冷嘲筆者「煽情」；當年某報某編輯，就不屑地自稱「吾」「默然」，還故意扣押筆者的答辯文章好幾天，讓他自己寫好回應，才一同發表。劉燕在該書最後一頁說：

「有一名日本學生老問我：每次到中國參觀，見到南京導遊圖上，都沒有大屠殺紀念館與遺址標記，中旅社的參觀日程除了吃喝就是玩樂。問導遊，則支支吾吾……。「我們是否在刻意迴避刺激日人呢？是否更注重他們口袋裏的日圓呢？」

這些年，劉燕一直擔任原侵華士兵東史郎的義務翻譯，有次討論東史郎日記中的一段：

接到徵召令，他告別母親，母親說：「這次出征（機會）千金難買，你就高高興興去吧！如果不幸被支那兵抓住，你就剖腹自殺……我有三個兒子，死你一個沒關係。」然後送他一柄匕首，當年，東史郎覺得母親特別偉大。

事隔六十多年，你現在如何評價母親？——劉燕的詢問，不知東史郎如何回答。

一九八〇年冬，筆者在京都見過好幾幅當年母親、妻子簽名鼓勵士兵「膺懲暴支」的血書旗幟。她們不是「善良」的日本人民嗎？最近，日本幾大報都叫國民走出「自虐史觀」了！漫畫《嫌韓流》大暢銷了！東亞從此更多事了！

毋忘七七

一九三七年，這一天深夜，盧溝橋的一聲槍，開始了中華民族忍無可忍，避無可避的抗日聖戰。

本來可以不戰——如果中國人肯做奴隸的話。

本來可以不戰——如果日本人不是那麼貪暴驕橫，得寸進尺。

稍讀近代史者都知道：從十九世紀晚期，明治維新有成開始，日本一強起來，就要以鄰為壑，要掠我之財、裂我之土、奴我之民、亡我之國。甲午戰爭。馬關條約。二十一條要求。濟南慘案。九一八事變。一二八事變。我們早已讓不勝讓，退無可退。

本來，深知敵我虛實和中外情勢的當時中國領導人，主張極力堅忍，以爭取時間，無奈一則不為國人所諒，二則日本侵略實在太兇、太蠻、太急。準備以意識形態奪取政權的那些「自己人」更相迫相煎，劍拔弩張，於是一觸即發。

民國二十六年，一九三七年七月七日下午七時三十分，駐中國河北豐台的日軍（日軍竟然駐中國。唉！那時的中國）第一聯隊第三大隊八中隊，藉口士兵志村菊次郎失蹤（不是那時當日本兵的李登輝兄長失蹤），要進入宛平縣城搜索。中國廿九軍副軍長兼北平副市長秦德純嚴詞拒絕，團長吉星文堅守國土，第一聲槍於是響起。

響起的是中華民族救亡圖存，保存自尊自立的最後警鐘，也是大半世紀以來日本瘋狂侵略的喪鐘。

後來有些所謂學者，還個個查究考據，是誰響起第一槍。其實，日本軍隊而在中國的神聖領土橫行，本身就已不法；努力要減輕、洗脫日本侵略挑釁的責任，更是第二重的罪惡了。

跟着的是：八一三淞滬之戰，十二月的南京大屠殺，炎黃子孫獨力苦鬥四年之後，日本又引發太平洋戰爭，英美才變成中國的盟邦。

血淚斑斑記往年

「國家不強，便被人打」，這句話被專制政權利用來凝聚人心，壓下不滿，推行軍事政策，但，不幸，古今中外都是事實。

林太乙的回憶錄，《林（語堂）家次女》看得人津津有味，記述抗戰時期，特別是在重慶飽受日寇空襲那些段節，卻使人悲憤、淚下。

少女林太乙當年在洛杉磯電影院也就不禁淚下。當銀幕上的日本飛機，彈下如雨，要炸碎重慶，炸碎中國人抗戰的勇氣與決心。

中國空軍本來就很弱，飛機落後，數量又少，這時損耗無法補給，於是全無升空抵抗之力；太平洋戰爭還未爆發，美國繼續重歐輕亞，孤立中國，姑息日本。汽油、輕重武器、軍用物資，大量賣給日本，大發中國的國難財，民間卻又捐錢救濟中國難民，收養孤兒，這些難民孤兒，當然又因日本狂炸濫炸而愈來愈多。一九四一年夏天，日軍無間斷地七天連續轟炸重慶、成都、昆明，重慶更發生大隧道防空洞窒息慘事，二萬多人喪生。日寇手上，又添了許多華人之血。

這些血淋淋的歷史，在不久之後的珍珠港事變，在戰後的美國卵翼日本、挑撥台獨，以牽制中共，如今更利用石油供應難題，力抑神州崛起。國際之間，就是如此弱肉強食，爾虞我詐，難得（即使並非「無」）真正、長期（不要說「永遠」了）朋友，只有短視的、片面的利益。

誰不夢想世界大同？誰不想上帝的和平仁愛在地若天？誰想為了愛國而擁護一個不民主、無法治的政權？青史斑斑盡是血，令人掩卷低徊，長歎難安！

神州神國看神舟

自從偷食了不死之藥，抛下丈夫奔往月宮，結果孤單了幾千年的嫦娥，「碧海青天夜夜心」，心情實在十分寂寞。近年聞說祖家經濟繁榮，國力大幅提升，這陣子，神舟六號載人成功，嫦娥可能要苦練一番日久失修的中文，準備不論以歸娘家姿態回流也好，仍然以女主人身份接待第一位中國探訪者也好，表現總不能輸給甚麼郁慕明、宋楚瑜、連戰——自己總做過第一夫人嘛。

嫦娥可能慶幸：幸虧學完英語之後，不必又學日文。當年他丈夫后羿彎弓射落九個紅太陽，雖說「此日不同彼日」，日本人心胸窄、記仇恨，恐怕遷怒她這個早已離家出走、分居數千年，等同早已離婚的后羿太太。

真是天意！發射神舟的神州大陸，連着朝鮮半島，卻隔着那二百公里寬的海峽，讓自稱「神之國」的東瀛三島（其實是四大島）像英倫三島（其實是兩大島）監臨着歐洲般，千古如一地對東亞大陸眈眈虎視！

「虎！虎！虎！」當年的暗號發音是Tora! Tora! Tora!日本飛機偷襲珍珠港，把美軍炸得七零八落。怎知，不久就形勢逆轉，最後是美國飛機給廣島、長崎送上（其實是送下）兩顆，至今還只有日本人吃過的原子彈！

當年雙方飛機高來高去，貧窮落後的中國，半世紀飽受日本侵凌侮辱，所謂空軍，又殘缺、又弱小，抵抗無力，人命財物也不知犧牲多少。如今竟也有原子彈，也有太空人了！「不要褲子，也要核子」，曾經是惹人非議的口號，「國家不強，就要捱打」，常常是專制政權用以轉移注意、凝聚人心的口號——誰不想上帝的和平仁愛，在地若天？誰想為了愛國而擁護一個不民主、無法治的政權？可惜，青史斑斑盡是血，尤其是百多年來的國恥史！尤其是中日關係史！

十九世紀中葉以來，中國是「衰過，難忘記」，尤其是東鄰日本的窮兇極惡；日本是「威過，唔衰得」，尤其是西鄰中國，他們文化的舊師傅，想否認而不能，口邊的大肥肉，想吞併而不得，拖泥帶水的侵華戰爭責任問題、台灣局勢與釣魚台、東海油田問題，再加上美國的挑撥利用，等等，日本會甘心太空競賽落後嗎？中日之間，免不了再大戰一場，以算清血賬嗎？

外交傳統重吟詩

上帝就是要把中國、日本放在一起，而中間隔了海水，蕩漾着自隋唐以來，一千五百年的恩怨。

千百年來，中國無負於日本；而日本，豐臣秀吉的圖謀、明朝倭寇的侵擾，也不說了；從甲午、七七到釣魚台，史跡斑斑；老蔣、毛周，又分別都不索償，還說甚麼「以德報怨」，只是對方並不領情。多方面表現對華不友善，六次參拜靖國神社的前首相小泉純一郎，還是獲得極高民意評價。屢次否認南京屠殺、慰安婦等等罪行的右翼政客石原慎太郎，還是高票當選東京知事，輕、賤、敵視中國的日本人，還是佔了很高比率。

齊楚攻伐不休，秦越肥瘠互不關涉。當年的敵國世仇，後來都變成一國的不同省份了，可是，隔了一道海，英倫就長期自外於歐陸，紐西蘭就不包括於澳洲聯邦。明顯地實不同文，也不同種的日本與中華，遙遠的將來，關係如何，誰能料說呢？

睦鄰永遠是重要的，尤其是在韜光養晦的現在。重視既得利益的白人，都不想有色人種抬頭；而「脫亞入歐」迷執未解的日本人，氣質心量，又不知甚麼時候才可變改。另一方面，難以長期抑壓的民情，當政者又不能不顧，政府的當家人，真不易為，難怪溫家寶講話就更慢了。

中夜難眠，常常引詩誦詞的他，於是寫成「俳句」一首：

和風化細雨
櫻花吐艷迎朋友
冬去春來早

好！一起用個「和」字，又「風」又「雨」，又「冬」又「春」，自稱「大和民族」，習慣於書信必以自然風物季節寒暄開始的日本人，應當親切。俳句是日式韻文，「春秋觀志，諷誦舊章」，又是《左傳》慣見的貴族士大夫國際應酬儀節。以深厚的文化共識，希望感動躁狂的鄰人，應該是上策了。

不過，百多年來中國的往跡，日本又比世界任何其他國家都更清楚。「島國根性」，台灣情結，更始終縈懷，「破冰」真的談何容易！充其量，只是表層融了少許。

「天皇之國日本，是獨立的國家！日本不是紅色中國的臣屬！」

——如此反應，是太過敏感，太過神經質了吧？

東京之祖是北京

「倭奴仰望是東京，先人更在東京外」。

是的。東京之前是京都、奈良；照抄照學的是洛陽、長安。再推前五十萬年，是北京周口店。

周口店北京人的頭蓋骨，是不是在東京丸之內御所的地下室呢？不要問岩里政男、那個倭奴輝了。除非到了末日審判，曾經說要做牧師的他，才不得不講真話。

也不必問他和大多數台灣人如今都鄙棄的契仔吹水扁了。只有上帝才知道阿扁哪句是真話，連他自己也漸漸不知道了。

況且，再提他，浪費了牙膏、漱口水。不如講他倆「曾經父子」所崇拜、仰慕、倚賴的日出之國。

日出之國的文字，源自日入之國，以漢字行草偏旁為假名字母，口訣是《伊呂波歌》

──「色空散；我世誰常？」悲涼、淒寂、幽玄、「禪」得令人神醉，似乎不愧是佛法流行的國土。可是，查歷史、看現實，日本人的侵佔、據有、執着的情欲，強得令人吃驚。

就因為生命無常，有生之年就瘋狂佔有。學習、模仿，也是另一種佔有。大化革新，以唐為師，長安洛陽搬不回來，搬回來整套棋盤式的城市規劃。東山三條，洛北高校，今天到京都旅行還可看到。明治維新，脫亞入歐，搬不動白金漢宮，照建一個東京賓館；搬不動伊夫鐵塔，照建一個還高幾尺的東京鐵塔。蹂躪神州，把漢文課本上的「姑蘇城外寒山寺」的鐘，也搶去日本。攻佔香港，把滙豐銀行的那對銅獅子也帶回去吃魚生定食。如果不是吃了自己發明遲了一步的原子彈，那鐘、那獅子還不會物歸原主呢！

有沒有機會物歸原主呢──那北京人的頭蓋骨？這次與日本人有沒有直接關係？很難說。真相未明，唯有等有朝一日，水落石出。

間接關係當然有。如果不是日本瘋狂侵略，中國人和許多歷代寶貝，不必轉徙流離；如果不是日本發動太平洋戰爭，「北京人」不會在那個兵荒馬亂的微妙關頭失蹤。

二〇〇六年九月二十六日，周口店博物館公佈三條重要線索之一，就指向日本皇宮。

日本學者，著名的勤謹細密、執着認真。如果真的據有「獨家」資料，研究遺傳基因，證實日本皇室之祖，所謂天照大神，原來就是北京人，桃太郎會不會把有巢燧人，都搬去靖國神社？再配合近日有些阿里郎說：孔子也是高麗人，於是，若干年後，中日韓合組一個大聯邦，抑或是，仍舊像歐洲，希臘羅馬的文化文明，遺傳分佈在西方眾國？

即食麵與改錯水

南京大屠殺。真可恨。

仍然不真正認罪悔改，仍然參拜供奉戰犯的神社。真可恥。

不過，奮鬥不懈、精益求精、謹小慎微、一絲不苟，日本又令人不得不佩服、敬畏。

起碼廿多年前了，那時筆者還在港大教書，每年夏天，有例在校本部的陸佑大禮堂監考，派這派那、巡來巡去——忽然有次眼前一亮：發覺全場幾百考生，都已改用了某個牌子的日本修正液（改錯水）！

記得七十年代中，許多人還用複寫炭紙、砂擦膠；稍後，陸續改用兩瓶配合的改錯水，瓶塞連着小刷子，習以為常的塗塗抹抹，跟着用手搧搧空氣，幫助吹乾，有日製的、更有歐美產品。

麻煩。是的，忽然就有日本文具名廠推出一瓶的、尖嘴的，易出而快乾的改錯水，迅速統一天下。需求喚起供應，供應誘導需求，經濟學的基本法、黃金律，放之四海而皆準，垂百世以俟聖人而不惑，於是莘莘學子，試場搏殺之際，全部裝備新武器——砂擦膠？早放進博物館！自捲改錯帶？在實驗發明中。

年多以前，有位朋友帶來某牌子即食麵，應該是華資港製吧，不經油炸、沒有鹼水味，「彈牙」可口。

不久之前，在多倫多發覺某日本名牌麵廠早已推出類似產品，一切優點相同，而且份量更適合，吃來更爽口。

有競爭，有進步，是小學生的常識了，不過，他永遠在你身邊，望着你所有好處，你能不發憤、奮起嗎？

嬌嫩脆弱的一代

韓國曾受日本統治，大多數人至今憎日；台灣曾受日本統治，不少人卻成了所謂「哈日一族」——就是崇拜日本，以曾經是日本二等公民為榮，原名岩里政男的那人（前中華民國總統、國民黨領袖，不是上海復旦大學前校長李登輝），就是其中一個（不用「位」字了）。

這個李登輝可能「比日本人更日本人」地慨歎：如今連日本孩子，都今不如昔了！想當年，從千年的平安王朝，三百年的德川幕府，日本都以武士道為大和之魂，面對問題，就大打一場，或者剖腹——偷襲珍珠港或者並不堂堂正正，不過兵不厭詐嘛，最後打敗了，吃了原子彈，還是咬着牙，承擔了後果。

如今的日本孩子，寵壞了，嬌弱了。一位科學教授藤原正彥慨歎。他寫了本大暢銷書，《國家的品格》，痛陳今天日本教育，整個變成「孩子中心主義」，寵之縱之，結果下一代頭腦簡單，性情脆弱，經不起小小打擊，動不動自殺——只為了微不足道的小事云云。

難怪前時有本轟動一時的《完全自殺手冊》。

不過，從前日本人的「腹切」，當事人所以為的「大事」，其實又如何呢？

話又說回來，這位教授所說的今日脆弱青少年，又何止在於日本呢？記得十多年前了，那時還未移民，報載有位少女，花樣年華，一氣就跑去跳過露台自殺，原因只是：男朋友碰歪了她的炒飯，沒有道歉！

有位筆者差不多年齡的朋友慨歎：如果這樣容易自殺，我們經過大戰、活過貧窮的一代，早就死光了！

從釣魚臺到釣魚台

「熱血保釣的青年馬英九，你如今在哪裏？」尚在盛年的幾名婦女，在台灣立法院講壇上，聲嘶力竭、切齒咬牙地呼喊。她們是再三慘敗之後，力圖找機會發出聲音的、新近變回在野的民進黨。獅吼也好，甚麼吼也好。

其實，前此民進黨執政那八年，對日本特別軟弱。不過，台灣自從國府偏安以來，對日本也真從未堅強過。日本對這許多人崇日成風的舊殖民地，也從未真正尊重過。對岸龐大的北京政權，也好不了哪裏去。美國更是勢所必然地「居心叵測」，於是，幾十年來，釣魚台主權事件一起再起。

日本比美國更希望中國人長期內鬥、永遠分裂。若干百年後日本會否與中國合併是另一回事，正如秦晉齊楚，在統為一國之前長久爾虞我詐、攻伐不休。不過，「桃太郎」這個民族，總是用「劍」的場面多，展現「菊花」的時候少。譬如說：有史以來，朝鮮攻日，只有寥寥幾次；日本侵韓，卻超過千遭！一千幾百年前，中國教日本人讀書識字

（「大化革新」）；一百多年前，日本要中國人割地賠款（「甲午戰爭」），甚至要蠶食而鯨吞整個東亞，以「八紘一宇」，稱霸世界（「田中奏摺」）！

當年二十一條提出，就是因為袁世凱想稱帝，要「買怕」日本。如今，難得的、等待已久的國共和解機會來了，釣魚台國賓館、海基海協兩會之會，融和熙洽。那邊廂，日本炮艇又在釣魚臺列島逞蠻撞沉台灣漁船，扣留船長，台灣一時大動公憤，但願不是又一次日本人當年所譏的「五分鐘熱度」！但願真正能夠「兄弟鬩於牆，外禦其侮」！

但願筆者這一代有生之年，見到兩岸和平統一！

04 倫敦粵語教莎翁

讀中文 看世界

倫敦粵語教莎翁

在英國的大學，對英裔學生，應當用廣東話或者起碼「普通話」教《莎士比亞》、《狄更斯》、《詹姆士英王欽定本聖經》，以至《玫瑰戰爭》、《克倫威爾》，甚至《蘇格蘭與威爾斯：聲韻之比較研究》——不可能？很難說。

荒謬？當然。不過看誰執掌權柄、主宰輿論、領導風氣。

從前，有誰想到：在百分之九十五以上是識中文的華人地方，講授中國文史哲的科系，包括律詩、駢文、甲骨、鐘鼎、轉注假借……等等無可翻譯的課程，有半個中文字也不識的一些西人，竟會悍然在上庠行政會議之中，越俎代庖，主張「中文系要用英文作教學媒介」？

在巴黎的文學院，會不用法文教巴爾扎克以至拿破崙史嗎？在漢堡的神學院，會不用德語講馬丁路德、康德嗎？在京都奈良，會不用平假名寫平安朝的歷史、鑑賞紫式部的物語嗎？

不必上綱到「民族主義」這個層次，甚至免提「學術尊嚴」四個字，只須就教材的本質，循着常識去想。

英文的普世價值（或者說：「價格」）無人否認；不過，「英文就是學問」，未免霸道得狂妄太過吧？

幾百年來的既得利益，養成了許多白人「久假不歸，烏知其非有」的驕橫氣習。西方社會（特別是英語國家）基督教大退潮，許多人更不知「認罪」「謙卑」為何物。中共幾十年的錯失，台灣近年的亂象，特區董班子的低能，幾年前香港大學那個領導人的笑柄，更使許多已享和欲享厚薪高位的白人（以及黃而慕白到忘記正義公理為何物的買辦、才子），振振有辭說：「要有效管治，就要用英文！」於是，中英口語（口語而已）流暢而膚淺浮泛的華人（起碼在澳所見，這類女傑特多；嫁得白人更是鏗鏘得意），以至應徵示範教學而黑板上淺而寫錯之字纍纍，直接看不懂文言文的西人，竟也主持中國文哲研究，甚至問鼎講座教授！

從前在港大，英語甚差，聽力更加奇劣的筆者，為了維持自己的適度自卑感，而制止驕傲，例必參加其實不一定要出席的文學院例會，欣賞各系西裔同事，甚麼問題都大放厥辭一番。至於審查博碩論文報告，又例必辛苦地自譯為英文，以符當局規定，那更只有認命——誰叫自己託庇於殖民政府！如今，香港「身份」改變了，大學的情況有改變嗎？

所遵何義看中文

誰能薄英語？共勉好中文！

——二十多年了。

一九八七年十一月七日，北角循道衛理中學十週年畢業典禮，惠承舊交張志賢故校長之邀，作為演講嘉賓，於是以上述兩句話為題，與眾共勉。後來收在拙著《刮目相看記》中，又蒙朗文教育機構不棄，選在《中國語文》中二第四冊自學單元課本。

在最後一段，我這樣說：

最後，我想特別強調一點：我們知道，語文是一種文化才能，文化發達，語文的生命力隨之壯盛。語文的世界和歷史地位，和它所包涵的文化內容，是否日新又新，是否與時俱富，是息息相關的。如果我們再不自尊自愛、再不勤奮振作，如果我們仍然怠惰地、投機地而又諸多藉口地，不用我們親切而優美的中文，去商量舊學、培養新知，我們的語言文字，就必然日趨於貧瘠，終之不免於枯萎。這樣，我們政治上雖然獨立，經濟上雖然繁榮，我們的國民心態，我們的思想學術，仍然不免淪為某些文化上後來居上的國家的語文殖民地。

是的：生而為現代中國人，要重中而不輕英，這也是一句老生常談的話了。不僅道理上當然如此，現實上也不能不如此。問題的關鍵，不在於「英無可輕」，而在於怎樣令到「中有可重」，甚至「中多可重」。我們的當前急務——也是百年大務——是全面而持久地發展文化，豐富中文的文化內涵，振奮中文的文化生命，讓一代又一代的炎黃子孫，準確而優美地運用自己親切的語文，對世界文化作出貢獻，於是，四海萬邦也紛紛透過翻譯以至直接學習，分享我們的文化成就。這樣，中國人才不愧為地球上人數最多的民族，中國文化才不愧為世界上維持最長久的文化。本人熱切希望：生長在香港——這個中國南陲的國際城市——的中國青年，以此來共同策勉。

二〇〇七年三月初，讀了《令大學頭痛的中文》，一班熱愛中文大學立校理想的師生校友戮力編成的文集，原來又一個十年前（一九七七年底）孫述宇教授早已先知先覺而且精警地宣揚同調！此外，博識多才的關子尹、陳雲、梁文道、雷競璇等先生，也都連篇警策，金聲玉振——好！

當時的中大校長劉遵義教授，不會太頭痛吧？

識大體

法國總統希拉克到比利時布魯塞爾出席歐洲工業及僱主聯盟會議，有個法國商人用英語致詞，希拉克質問他何以捨法語而不用？他說：「英語是國際商業語言，我喜歡用它來演講。」希拉克立即拂袖而去，法國財長、外長隨之離席。

香港有位評論家，說這位法國總統是「唐吉訶德」，不自量力地向風車——英語的全球霸權——挑戰。現在全世界懂得法語的人愈來愈少。即使法國一般國民，一到其他地方，不用英語，根本無法溝通。

是的。早就聞說法國人頑固地堅持用自己的語文，明明懂得英語，也拒絕不用，不過，近年兩訪加拿大滿地可（或譯「蒙特利爾」，據說是巴黎以外最多法裔人士的大都市），發覺講英語仍然處處皆通，現實當前，到底不能不低頭了。

不過，身為一國元首，就不能低頭，因為他代表國家民族的自尊自愛。不要說路易十四時代，西方世界以法語為身份代表；不要說英皇喬治三世，也自稱只對僕人才說英語——這些都過去了；但是，至今法語仍然是聯合國五大法定語言之一；而且，最重要的是：法國公民在法國總統之前，竟然不講法文，如此無禮無義無知，身為一國之君，當然是可忍孰不可忍。

聞說若干年前，新成立的香港中文大學，校長致詞使用英語，被人大彈。那時還可辯說：香港是英國統治。到如今，恐怕當事人都更識大體了。

在澳洲，甚麼時候用英語、甚麼時候用國語，我們廣東人應該自有分寸。二〇〇七年底，新總理陸克文（Kevin Rudd）以流利漢語與中國溫家寶直接通話近半小時，不過，在正式場合，他一定仍用英語，這就是「大體」——至於「聽」了一些時間考慮應對，更「順便」聽一聽翻譯是否稱職，這已經是餘事了！

隨便可和英語記者「零距離」溝通的哈佛博士馬英九總統，就職之後，不是也被勉（當然也自勉）在正式場合，仍然使用國語嗎？

語言殖民地

每逢看到香港電視片集，以警察生活為題材的，一到命令與承諾聽命之時，定必大叫 This is order, understand? Yes! Madam! 諸如此類，據說這是反映現實。

現實的香港，已經回歸接近十年了，語文上仍然是英殖民地，沒有辦法。歷史的原因。而且，英語早已在全球稱霸，還有，北京與港府，都有別的事情更忙、被認為更重要，所以無暇及此。

最近看到港報描述，回歸以來，政府以及公共事業主持人物如果是華裔，傳媒就窮追猛打，鉅細弗遺，如果是貨真價實的西人，就淡寫輕描，甚至草草了事。無他，發問者的英文不夠靈敏，所以，最近「九鐵事件」、「真鬼佬」回朝，頭頂上司那名「假鬼佬」二少爺，或者作風不得不收斂收斂了。

愛爾蘭作家 John Banville 榮獲英語世界小說大獎，到香港參加文學節，接受訪問，為自己不懂中文而表示慚愧，他說：香港人許多都能說英語，許多街道、名稱都來自英國，甚至愛爾蘭：他的故鄉，他指出：這是西方人的傲慢無禮，「我們甚至來到這裏掠奪。鴉片戰爭至今不曾正式承認與道歉。」

但願這是誠實與良知的聲音。半世紀前，上海的洋街名全部改掉，現在時勢不同，香港街名一仍舊貫。二十年前筆者已經猜度：「英皇道」、「皇后大道」會否改為「中華大道」？「亞皆老街」、「窩打老道」可否改為「雅佳路」、「華德路」？可惜至今未有半點跡象——洋場才子又在那邊冷嘲熱諷了。

湖海風雲有妙思

湖海風雲存在了億萬年，到了有人類，才藉以寄情而寫入詩歌。

詩歌之中，唐代的最為華人所熟悉、欣賞。

先說月亮。

月亮是詩人的主要債權人，又是從不討回借債的朋友。唐代詩人對她的報答，就是盡當時的所知所想來描寫。張若虛一看到她與潮水共生於海上，張九齡就知道天涯親友共於此時。到另外又一位張姓詩人詠唱「月落烏啼霜滿天」，張若虛又寫她落於潭樹、伴送歸人，更悄悄問她：開始與人相見，究竟是何年何世？

明月出於天山，飛天的鏡子，照臨在長安上空的蒼茫雲海。她接受老朋友、號稱是謫仙、同樣來自天上的李白熱情地舉杯相邀，以免「金樽空對月」；更透過松間照向「深林人不知」的高士王右丞。這時深情的杜甫，在長安遙想鄜州閨中獨自看月的妻子。劉禹錫卻認得淮水東邊舊時的月亮，夜深遠攀過女牆；王昌齡就詠歌：秦時明月依舊照在漢時邊關，以至當代三十萬沙磧上的征人一時共看回首。至於勇奪三軍之帥的韓愈，在中秋之夜勸慰朋友，也勸慰自己「人生由命非由他」，且賞今宵特多的一輪明月好了。

然後說安詳、穩定、崇高的山。

忠犯人主之怒的韓愈，在貶謫途中，看到雲橫秦嶺，忍不住詢問故家何在。青年的杜甫，就向泰山舉目，歎問岱宗為何如此偉大。少年王維改編桃源故事，說漁人當時只記入山愈來愈深，以致後來竟然不知問津之處。

於是必然提到從桃源流出，又流到桃源的水。杜甫看到泉水在山本來清澈，出山就難免沾染了世間的濁。不分清濁、不捨晝夜，源源混混地百川朝宗，奔向汪洋，中間瀦流在洞庭，也就是一個海了。「吳楚東南坼，乾坤日夜浮」，那意象氣魄的雄奇博大，只有孟浩然的「氣蒸雲夢澤，波撼岳陽城」，才可比擬。杜陵的家國襟懷因「戎馬關山北」而「憑軒涕泗流」，就與詩仙李白的順流而下，「朝辭白帝彩雲間，千里江陵一日還」的逍遙快適，詩佛王維的「行到水窮處，坐看雲起時」的寧靜空寂，大異其趣了！至於潮退潮長，觀賞自如者可以放下自在，李益卻要代嫁與商人的怨婦羨慕潮來有信，勝於重利輕離的丈夫了！

情景相融貫古今

「情以物興，故意必明雅；物以情觀，故辭必巧麗」（《文心·詮賦》）。內心之情，着於外物之態，所以感時而觀花濺淚，恨別而聽鳥驚心，更或者：「本以高難飽，徒勞恨費聲」，「露重飛難進，風多響易沉」，悲蟬即所以悲己；「綠葉成蔭子滿枝」、「莫待無花空折枝」，寫樹原即是寫人。這就是文學。

不只樹，不只高枝上的蟬，或者鳴叫在翠葉叢中的黃鶯；樹根與澗水旁邊，韋應物獨憐所生的幽草。草色青青，隨馬的蹄步而漸行漸遠還生生不息，劉長卿以此癡怨江春的不肯挽留行客，青年白居易卻看到離離之草，即使野火也燒之不盡，春風一吹，又彰顯了天地的大能大德。青年的白居易就捕捉了這個宇宙的玄機，喚起了暮年文士顧況的生命朝氣，因之改容相向。

不知道伏櫪的老驥是否會暗歎歲月不居，雄風難再？富於感情與文字才具的詩家不必說了，一般具有自覺的人都會。特別是中年以後，回顧平生，俯仰今昔，就會明白甚麼是自己青少年時期可能看不起的傷春悲秋、嗟卑歎老。

到老更加不改鄉音的賀知章，八十多歲返回故里，偶遇兒童笑問從何處來，於是記下那種複雜而又樸素的情懷，於是有了傳誦千古、自然而又親切的那幾句詩。洞達人情的王維，早在少年就寫出了「獨在異鄉為異客，每逢佳節倍思親」這句自己以及人人心中的話；「往時飛箭無全目，今日垂楊生左肘」，又傳神地體貼到老去英雄的心。到他自己多涉官場，飽經人事，更不得不歎「海鷗何事更相疑」以表明淡泊之志。張九齡耿介孤高地宣言：「草木有本心，何求美人折」，因為他不幸碰上了李林甫。這個唐玄宗朝的巨奸，也是杜甫蹉跎蹭蹬的關鍵人物。我們的詩聖「唯將遲暮供多病」，遙想京華，則慨歎「長安似弈棋」；近依草堂，則「茅屋為秋風所破」；俯瞰，則「花近高樓傷客心，萬方多難此登臨」；遠觀，則「不盡長江滾滾來」，而「無邊落木蕭蕭下」，正如稍前於他的李頎描繪：「鴻雁不堪愁裏聽，雲山況是客中過」。登臨勝蹟，俯仰江山，就不免又像孟浩然那句貫穿時空的感歎：「人事有代謝，往來成古今」了！

天性世情若一式，共鳴恍似曾相識。
唐人何不賞唐詩？鑑古明今有法則。

太白名詩利理療

那首詩，也不是沒有好處。

著名的、非常普及的詩。

「床前明月光……」

罷了！罷了！不是電視劇裏的秀才又出場吧？不是小學唐詩啟蒙班開課吧？不是歐美人士的中文興趣小組吧？

「輕薄為文哂未休」？不敢。那班舊相識、台灣的名教授、詩學大家、文評巨擘，黃永武、沈謙等等，稱揚這首「名作」的大文，不是沒有看過；只是，慚愧鈍根，若可以不人云亦云的話，我想說：從來都不知道這首「……疑是地上霜……」究竟好在哪裏。

當然，李太白，是詩仙。青蓮學士，與杜陵布衣，是唐詩以至整個古典詩史上的兩座極峰。不過，喜馬拉雅山滿是起伏陂陀，珠穆朗瑪峰也有巖壑洞穴。

當然，這首詩淺白、暢通、簡短。駱賓王七歲時所作：「鵝、鵝、鵝，曲項向天歌；

白毛浮綠水，紅掌撥青波」，也是如此，而且還有對偶、有長短參差的句式呢！

何況，李白作此詩時不是七歲；千秋萬歲、四海五洋，讀這詩的更不限七歲。

明暢當然好，短篇絕不壞。不過，詩中絕句，詞中小令，最可貴的不是淺短，而是精練、含蓄、耐人咀嚼、言有盡而意無窮，令一代一代無數讀者都參與「再創作」。否則，寥寥二十多個字（甚至不足），一瀉無餘，像蟻穴積水，一曬便乾，有甚麼興味？要明白暢達、痛快淋漓，最擅勝場自然是五七言古詩，長歌當哭。如果只是捕捉一剎那的心靈波動，也好，就寫寫小詩吧。不過，請不要因出於狀元名下，就一律大吹特捧。

絕句很重第三句，不押韻而有力一轉，第四句一結。太白仙才，智慧太高，意氣太盛，斗酒百篇，率意而為，汩汩泉流，不擇地而可出，有時不免金石沙泥俱下，雜瑜瑾於碔砆，不必，也不能，為賢者諱。

這首「名篇」，好處在哪裏？

有。最近看一篇保健小品。人頭甚重，（不必自己切下來秤秤吧？）全靠 C1-C7 幾顆頸椎支撐，年紀大了，特別是文職人士，特多病患——怎辦？

專家說：多做運動。動作便是：「舉頭望明月，低頭思故鄉。」

誤譯出人命

讀古籍，少一點訓詁考據的工夫都更易出錯。其他的書弄錯了，一般只是鬧出笑話；醫藥的書解錯了，譯錯了，卻可能弄出人命！

上海科學技術出版社的《醫古文》真不錯，下篇通論語文問題所舉前人錯誤的例子，尤其值得深思，《史記·倉公列傳》：

「菑川王美人懷子而不乳……飲以莨菪藥一撮，以酒飲之，旋乳。」

初看以為是那婦人懷孕而沒有乳汁（有人就如此翻譯、出版）。《說文·乙部》，「人及鳥生子曰乳」，所以原文「不乳」是「難產」之意，把「催生」誤譯為「催奶」，照此用藥，不又是「死得人多」嗎？

文言文以單音詞為主，現代漢語則多是以兩字或以上成詞，所以《世說新語》記述東晉過江名士的感歎之句：

「風景不殊，舉目有河山之異」如果以現代的「風景」（scenery）解之，不是自打嘴巴嗎？原來意思是：

「一樣的清風，一樣的陽光，只是山岳河流都變了樣子！」

香港上世紀五十年代初的「上海佬」，近年一批又一批新移民，恐怕都與古人同類了！

拉回《醫古文》。《三國志・華佗傳》：

「（有人）得病已差（即「瘥」），詣佗視脈，曰：尚虛，未得復，勿為勞事。御內（性行為）即死。臨死，當吐舌數寸。

「其妻聞其病除，從百餘里來省之。止宿，交接。中間三日發病，一如佗言！」

「中間」的「間」，作「間隔」之意（間，去聲，音諫），就是不聽華佗忠告，病體未痊就敦倫一番，結果老妻變為寡婦。當然，誤解為「從交接到死那三天之間，發作了病」，結果雖然相同，原意卻有誤失；如果變成法律或者歷史事件，就難免訟爭了！

以上見前述《醫古文》二百、二百六十二頁。稍後又載：

《脈經‧平血痺虛勞脈症》：「脈得諸芤動微緊……女子夢交通」——不是夢見「溝通港九」的巴士、地鐵，是夢見「媾仔」！

清代名醫葉天士年十四，授他以岐黃術的父親陽山翁「棄養」，有人竟解之為「放棄了對他的培養」——如此翻譯！死人未必激翻生，生人一定激死！

人死龍鳥讀錯書

精於文字聲韻訓詁的中文教授（如今已經稀有了），不知何來心力再研究醫藥；精於望聞問切的大國手，不一定善讀古籍，尤其是字詞艱深怪僻、語句佶屈聱牙的那種文章。如今香港一般大專青年，有些連「雄鷹」、「雌雁」都少講，「牝馬」、「牡牛」更不知何物，而只懂隨某些傳媒說「男仔孔雀會開屏」、「女仔獅子冇頭髮」。（唉，不要說「鬃」、「鬉」了！）一腔熱誠讀中醫學系，一碰到《醫古文》這道高峻門牆，唉，（又歎氣了！）真不知如何闖過！

《禮記．學記》：「一年，視離經辨志」——就是正確讀斷經文，明辨語句意思。中國古書絕大多沒有標點，滿佈深僻名詞術語的醫書尤其難以斷句。看到有個例子：

「去實熱。用大黃。無枳實。不通溫經。用附子。無乾薑。不熱發表。用麻黃。無葱白。不發吐痰。用瓜蒂。無淡豉。不涌。」（上海衛生出版社一九五七年版《醫方集解》六十二頁）

正確的標點應為：

「去實熱用大黃，無枳實不通；溫經用附子，無乾薑不熱；發表用麻黃，無葱白不發；吐痰用瓜蒂，無淡豉不涌。」（見上海科學技術出版社一九九五年版《醫古文》二百四十五頁）

講這話的陶節菴，原意是強調枳實、乾薑、葱白、淡豉等的重要。斷句卻如此不知所謂，真是「死得人多」了！

《黃帝內經素問》又有個例，作《白話解》者讀為：

「故適寒涼者脹之，溫熱者瘡。」其實「之」和「適」一樣，都是動詞（如《孟子》「牛何之」，不是「胡適，字適之」），原句應作：

「故適寒涼者脹，之溫熱者瘡。」（見前引書二百四十七頁）

再如《本草綱目》：

「以豬膽皮色。指蘸捻鬚梢。」「指」字應屬上，色着手指免染黑。更如前引書二百五十一頁。

「龍者鱗蟲之長，王符言其形有九。似頭。似駝角。似鹿眼。似兔耳。似牛項。似蛇腹。似蜃鱗。似鯉爪。似鷹掌。似虎是也。」

讀來不知所謂，而且本是「九似」，卻弄出十似來！原來應作「頭似駝，角似鹿，眼似兔……」如此這般，亦可謂「其龍甚烏」了！

何日悉尼有寶山

唸文史哲的人，家中往往多書，能有當年范氏建「天一閣」，善藏書籍以貽後世子孫的能力者，卻百萬人中也沒有一個。

藏書其實不必只益蔭自家子孫。子孫更通常無力甚至無心保存前人這方面的遺愛。聞說若干年前，香港有位辦學、寫書的名家，早上斷氣，生平藏書中午便在灣仔冷攤出現。移民海外，下一代對中文更是全面而高速地疏離。以西人為主的大學和公立圖書館，對中文書籍也無心、無財、無力。每季社區圖書館賤售舊籍，許多是新簇簇的，移民回流的中文棄書——如筆者之流，辛苦裝數百箱書遠道運來，來後又「陋習不改」，繼續添購千百新書者，既然早知老之已至，如何好好安排「身後」之事，免累家人，實在苦惱無計！

自到澳洲，十年來有個夢想，可惜不知何時實現。由於種種原因，號稱南半球最大城市的悉尼，竟然沒有一個稍為像樣的有豐富藏書、有常設講座、有展覽場所的中華文化中心，筆者常常發夢：在華人稍多的市鎮火車站附近，購置一個市議會批准的公開講學藏書和展覽處所，自己和他人的藏書，可以陸續捐出、藏入，公諸能讀中文的大眾！可惜自己和朋友都綿力菲薄。有位認識者常常稱道她的億萬富豪貴親；可惜不知甚麼時候，她才能感動貴親，放下賭場生意，「垂注」南半球一下！

己有的藏書，前路茫茫了，筆者還是和所有愛書人一樣，見書如道友之見毒品（嫌太難聽，可改為「如蜂蝶之遇香花」）。日前託朋友所買《錢鍾書手稿集》自港運到，立即拜讀錢夫人楊絳女史之序，提及七十年前（一九三六），他們隔日赴牛津大學Bodleiam圖書館（錢公妙譯為「飽蠹樓」），館中藏書例不外借，只准攜帶小冊鉛筆，書籍則嚴禁留下任何痕跡，（想想香港許多大學所藏線裝書，許多竟有墨水筆畫線、甚至剪割之跡！聞說還有負責者焚書、學習者竊書！）於是賢伉儷「露鈔雪纂，聊補三篋之無；鐵畫銀鈎，虛說千毫之禿」，歸後再用毛筆，反芻寫成一冊一冊的筆記，於是成了習慣，以後轉徙流離，日積月累的一百七十八冊中、英、法、德、意、西、拉丁文筆記匯成文化的寶海！

甚麼時候，悉尼也有學者寶山的「飽蠹樓」？

為甚麼這裏沒有三聯、中華、商務？

移居悉（雪）尼超過十年了，十多年前初到這南半球最大、華裔移民最多的城市，就已經奇怪：為甚麼只有零零落落幾間小小的中文書店？——

答案本來很容易找：

第一、世界文化先進地區都在北半球；

第二、白澳政策遺毒，華人數量與文化生活，都不能和美加相比；

第三、澳洲大、中城市只有幾個，彼此距離甚遠；即使悉尼本身，亦面積甚大，而華人分散，經營不易。

……

也差不多十年了，曾經和上述大書店聯合機構一位認識的高層人物偶然談過，大概是認為時機未成熟，況且，以往和這裏書店的合作經驗，並不愉快！

是的，筆者對生意是完全門外漢，不過也同意：營運太過困難，利益難有保障，誰去做？

最近幾年頻到溫哥華、多倫多，真羨慕他們既有華文大報中文電台，有像樣的中華文化中心，更有上述書店，於是大陸、港、台有甚麼好書，都可以看到，起碼可以代訂。最重要的，一間有規模、有根本、有周密網絡、有雄厚基礎的大書店，本身就是一個文化中心；中文的，在於海外，尤其就是等於一個文化領事館宣慰僑胞，供給精神營養，栽培和凝聚向心熱力……。

誰會因「賺錢少」而不設正式或非正式的領事館？

何況，悉尼華人也有三十多萬，而且仍在增長中。最初是粵人為主，後來多了台灣來客，又有新馬華裔，近年急劇增長的是大陸移民——正因來源複雜，更急需一間中文大書店發揮力量，以奏調和聯繫、凝聚之功！

近年日本紀伊國屋書店在市中心出現，琳瑯滿目的日、英圖書，當然中文的也有若干，不過，總是附庸、陪襯。

筆者因為多年在此與一班朋友共研國學，常須購書參考，包括自己所寫、前述書店出版的好幾種拙著；舍下既非書店，代學員們大批海郵，往往被誤為經營書肆，海關、稅務，煩苦不堪，尤其是最近心血所萃、每套五百多頁、一公斤半的《唐詩新賞》，唯有叫那幾十位社員，個別自行設法——大家都又一次慨歎：唉，如果他們在這裏有分店，他們得到應有的利潤，我們得到可貴的方便，多好！

此間華人日多，嚮往宗邦文化殷切，下一代中文教育尤其是當務之急；敬請垂注！（此文二〇〇六年九月二十八日原刊香港《信報》，可惜結集成本書時，此事仍是夢想！）

橙在碟之上

究竟是盛在碟上、抑或離碟而在上方數吋、抑或高懸若干呎而在碟之上空？英文有前置詞 prepositions: at, on, over, above... 各別。讀神學而修希臘文的都說：位格、時態……等等，分得真細，西方文化精彩之處在於精密分析，形諸語文，便是如此。

當然，西文字詞之多，令初學者叫苦。雞年，英譯不用 chicken, hen 甚至不用 cock 而叫 rooster，以表其「一唱而天下白」之雄姿，中文則加「小、母、雌、雄、大、公」等字以示別。各詞之間，一看即知同屬一組，不似西文之字面看來，除非極尖端的專家否則很難說出同組字詞之間，有甚麼形音上的關係。所以，中國人學外文千萬要趁年輕（甚至年幼），記性一差，單就生字之多和語法之密，就苦死了！

自鴉片戰爭之後大半世紀，中國敗象畢呈，較之西洋，由科技而政教，事事落後，有人就歸咎於教育工具——語文不夠精密，影響了思想方法。魯迅就是其中之一。他所以一方面贊同好朋友瞿秋白廢除漢字，採用拉丁字母拼音，一方面反對文言，連白話也要盡量歐化。由此矯枉過正，不顧漢語中文本身規律和約定俗成的原則。人家評論他「歐化」，他就說：「歐化這兩個字本身就是歐化」；人家反對「太歐化」，他就反問「太」的範圍怎樣。雄辯是雄辯了，意氣是旺盛得「橫眉冷對千夫指」了，是很「司阿拉思諦克」（scholastic）了，可奈佶屈聱牙、嚕嚕累贅，通不過「共同美感」這一關何！「他對於懷着無聊的瑣屑的憂慮，隨和着圍繞他們的一切的人們，是既不喜歡，也不輕蔑的。」（《三個死》）

魯迅簡直愛「們」成癖！「譯本們」（《硬譯與文學的階級性》），「貓們」（《狗貓屋》）、「蜜蜂們」（《雪》）、「煤塊們」（《火柴盒子的故事》）——真難為那幾十年有學術良知的中小學語文老師。於是就如錢鍾書所笑諷：人人都變《公羊經學家》——尊周（樹人）王魯（迅）！

每逢學生文章濫用介詞「當」字，或者仿英語 article'a' 而堆砌「一個」、「一種」，或者動輒「聲明」是「我的」父親、母親等等，又或者寫出「她是有着溫和的、美麗的心的」之類扭捏作態的病句之時，原來都出自魯迅！（看到這裏，可能有人暗暗動火了。）

拙文被寫成了

「在我的家裏，除了我的媽媽之外，還有一個爸爸，一個……」

老師甲總批：「一家有父母」，四字已足！

老師乙云：「你的就是你的，沒人跟你爭。」

老師丙說：「通常是一個。」

＊　＊　＊

同樣說「一個中國」政策，大陸意思是：One China，台灣有些人的想法是：A China。

＊　＊　＊

自從讀英文的華人多起來之後，受「冠詞」（articles—the, a, an）影響，名詞之首動輒加上「一個」「一種」「一份」……的中文便多起來了。英文有 verb to be，再加上逢眾必「們」，不主動則必「被」，更嚕嗦累贅的中文，「是……的」，又多起來了，始作俑者之一，便是有些「毛云亦云」的人，捧之為無疵無誤神明人也的魯迅。

「我是不喜歡放風箏的，我的一個小兄弟是喜歡放風箏的。」（《自言自語》）

「有些讀者們……往往以為被選進叢書裏的，總該是必要的書籍。」（《書的還魂和趕造》）

謬種流傳，難怪有人憂慮，終之會說：「我們這些被生出來的人，打開被放在桌上的書，讀着被寫在紙上的字」了！

「刻意模仿外語的表層結構」，東施效顰，難怪移民加國的前中大教授、文章有梁實秋錢鍾書之勝的梁錫華（佳蘿）博士訾之為「不通達的惡性西化」——澳門老兄志鈞博士，在新刊論文《魯通歐化文字研究》中說——

余光中教授的意見是：「魯迅等鼓吹中文西化，一大原因是當時的白話文尚未成熟，表達的能力尚頗有限，似應多乞外援。六十年後（如今又不止了），白話文去蕪存菁，不但鍛鍊了口語，重估了文言，而且也吸收了外文，形成了一種多元的新文體。今日的白話文已經相當成熟，不但不可再加西化，而且應該回過頭來，檢討六十年間西化之得失，對惡性西化的多種病態，尤應注意革除。」（《早期作家筆下的西化中文》）

——好！

好在有偈傾

學問之道，無盡無窮，而又引人入勝。即如口語俗諺的來源、演變，研究起來，也是饒有趣味。可惜筆者在這方面也是太淺陋了。

許多年前，筆者寫過一篇小東西，題目是〈傾偈與小巴〉。「小巴」是「小型巴士」、「小型公共汽車」（mini omnibus）的縮稱，在香港人人皆曉，也不知哪一年了（六十年代中？），因為社會需要，興起了一批介乎的士與一般巴士之間的公共交通工具，始而非法，終則合法；始而九座位，終則一律十四座，洋名 Van 仔，中（本意為「小」）西（譯音是「巴」）合作，則曰「小巴」。

筆者聯想及另一看來也是「中外連盟」的詞，傾偈，「偈」是梵語「偈佗」，即佛教經論結章的詩句，簡稱為「偈」，舊日並無心理輔導，精神醫生這類「新玩意」，每逢「家事國事天下事，事事關心」，結果事事煩心，怎辦？且聽有詩一首：

終日昏昏醉夢間，
忽聞春盡強登山；
因過竹院逢僧話，
又得浮生半日閒！

上山尋寺，請高僧說法，開示出路，指點迷津，「傾」訴心事而解之以「偈」語，此之謂傾偈。

倘若足下運氣欠佳，真正的高僧到了美國開佛指舍利展覽，留守候教者令你失望，那就唯有把預先寫成的上述七絕，末句與首句對調了。

近日因為前時應邀為墨爾本四邑會館百五週年大慶撰寫長詩，獲贈會刊乙冊，拜讀其中大文，首席編委伍長然先生解釋四邑方言，說古人路上相遇，各把所乘牛馬車車篷傾側，以便談話，故有「傾蓋」一詞，「蓋」古讀如「計」云云。

筆者可能又錯了。敬請賜教。

筆者自信沒有錯的是用「好在」一詞，若干年前，有位搞語法而好偏執自是者，在市政局圖書館研討會中，爬羅剔抉許多作家文章中的「過時口語」，認為是疵病，筆者所用「好在」，好在亦在其中。近日好友盧君，更查考《辭海》、《辭淵》、《商務新詞典》、《官場現形記》等文籍，說明不是方言，更非過時口語。其實既有人用，用得明情達意，便無所謂過時，會中阿濃（朱溥生）君已經立即辨正，後來留意現代的無數文章，「好在」更是無處不在呢！

豈為科名始讀書

「母親是多數人生命中第一位老師」——一身兼母親、老師、學者、才女的劉詠聰教授說。

在港大時，她的勤敏已經冠於同儕。她學成任教浸會大學，真積力久，特別精研中國婦女文化史，述作斐然，每篇每字都出於自己心血（這在某些學界「名人」中原來並非必然的），所以聲譽鵲起於學術界，並非無因。最近寄示《清代女性課子詩文》，盥誦一過，實在大有啟發，得益非淺。

絕大多數人包括大大小小作家，語文基礎早年都蒙恩於媽媽，此所以稱為「母語」，至於「父語」，唉，腐乳，只用於炒蕹菜而已！

且讓筆者重為馮婦，作「學術研究」狀，輕易地分析一番：

第一：生命形成的第一階段，九個月另十日，在母親胎中，血脈相連，親切無比；

第二：學習能力最高的三年，特別是最初十多個月，主要和哺乳餵食，提攜捧負的媽媽相處，所有人輔音與元音結合的第一聲，就是ma-ma，此所以東西古今語言，千差萬別，只有喚母呼娘之聲，其揆若一；

第三：女性語文能力與興趣，普遍高於男子，以此教兒，正是長材大用，所以「訓誨之權，實專於母」；

第四：中國有史以來，婦女政治權力、社會地位都受剝削欺壓，「婦人無能為，所望夫與子；撫子得成立，私心竊自喜」，碰上貧賤或者失寵於丈夫，「教子成龍」更是整個生命投入的唯一希望。

劉教授大文引述許多清代賢母的詩作，其中如侯蓁宜〈送縝、綵兩兒赴試〉：

春江水暖綠層層，雁羽聯翩意氣增；
日授手抄千古籍，機聲針縷十年燈。
母心未慰閭頻倚，祖武當繩爾或能；
攬鏡漸驚添鬢雪，摩抄老眼望飛騰！

登第的當然歡喜十倍於中六合彩：（下詩為〈惲珠賀兒麟慶中進士〉）

乍見泥金喜復驚，祖宗慈蔭汝身榮；
功名雖並春風發，心性須如秋水平。
處世毋忘修德業，玄身慎莫墜家聲！
言中告戒休輕忽，持此他年事聖明。

李含章慰兩兒落第詩最超卓：

得失由來露電如，老人為爾重踟躕。
不辭羽鎩三年翮，可見光分十乘車。
四海幾人雲得路？諸生多半壑潛魚！
當年蓬矢桑弧意，豈為科名始讀書？

如此胸襟見識，真可惜生在古代！難怪當世大才子袁枚讚歎：「今之士大夫都應羞死！」

上帝焉能入贅

基督徒相信：《聖經》是神的話語，原文是無誤的。不過，譯本就更多「人」的限制，所以要不斷更新，以求切合上帝的旨意了。

頌讚詩歌的旋律與文詞，是由聖靈的感動而作的，不過，人的音樂修養和語文程度，都不免有限而且參差（歌詞而出於翻譯，就更多一層限制）。如果以為號稱「聖」詩，就神聖不可討論，不可評議，那就比法利賽人更律法主義了！

二〇〇四年五月某天，一位弟兄來電，提到有首《祂是愛》的歌曲，竟有這麼一句：

「在我心有一處空虛，填滿靠主你入贅。」

「如此歌詞，簡直侮辱上帝！」他激動地說。

對；就查查《辭海》吧，以身為抵押謂之「贅」，所以賣子為奴不贖、或者男子就婚女家，猶如身體的贅疣，「非所應有」的，就叫「贅子」、「入贅」——如此即使不侮辱也不算尊重的詞語，怎可用於「充滿心靈」的「主」？熱心用中文聖詩事奉上帝的人，真要學好中文！

同一天，兩個鐘頭前，接到一位自稱姊妹而又不肯光明磊落地透露姓名（和何由得舍下電話）者，來電聲討前時為針砭不顧聲調的劣譯「聖」詩而作的「怨豬鋸瘦胃」（願主居首位）拙文，認為不敬聖詩，使她心痛如絞云云。筆者意思很清楚：好經句、好原文、好旋律，竟被不顧或不懂平仄者的劣作，演成聲入不能心通的滑稽語句，實在應該注意改善！怎知愈解釋，對方愈動怒，自問舊我未除，修養欠佳，為免進一步衝突，唯有收線。

最多人習焉不察，連許多牧者也常常掛在口頭、而其實不大妥當的，就是所謂「神的祝福」、「願上帝祝福你」之類。「祝」是主祭祀、說禱詞的人，所以從示、從口、從兒，掌廟者稱為「廟祝」，基督徒所信的上帝，既是獨一而至尊的真神，絕無再向上禱祝之理。筆者從前也說過多次了：牧職人員，可以代表會眾「祝福」，而上帝就只有「賜福」——請看《聖經》和合本〈民數記〉六章二十二至二十七節便知。不過，公教譯本〈戶籍記〉還是「願上主祝福你」，滔滔者天下皆是，筆者也就更人微言輕了！

赤腳大仙牛奶路

拙於計算如筆者之流，當然覺得數理之學甚難；但千差萬別，隨人類主觀意志、感情、語言、民族歷史傳統而異葩耀采的文藝、哲理、宗教，研究起來更是愈深愈難，愈高愈不可把握。單就概念與名詞的翻譯，就已往往荊棘滿途、陷阱處處。有次澳洲某洋人講師，不懂中文，而擔任有關中國文化的論文評審，誤以「陰陽」為人名，高下任心，結果褒貶失當，引起抗議風波。今天倒想換個角度，開解開解。

第一：學生原來那篇論文，交代得清楚嗎？注釋是否完備？專有名詞拼音，有沒有連帶寫出原文？（因為打印困難，以及自覺或不自覺的「英語霸權」心理，一般英文篇籍，往往「懶」於附印中文或其他非歐西文字。）

第二：那位講師本身專長何在？是不是澳洲土生土長，沒有機會深入了解東方文化？他這次處理論文，是否臨時受委，「替工」性質？惹上了麻煩，是不是正因為本想盡責？

報道既欠詳盡，讀者就只能猜想了。其實，白人國家要真的促進世界和平，首先就應當盡量放下幾百年來的優越、自大心態，學習、了解歐洲以外的文化、歷史，以至尊重、欣賞。特別是澳洲，地理上既與亞洲為近鄰，二十多年來亞裔移民又大告增加，無論內政、外交，都應注意此點。如今聯邦總理陸克文（Kevin Rudd）中文精通程度，為全球非華裔政治領袖之最，應該可以起一點倡導作用了吧？

許多年前，有位著名漢學家，誤譯「赤腳」為「red-foot」；又有把杜詩「卻看妻子愁何在」，理解為「Where is my wife? Where are my children?」者，比起五四時期華人譯 Milky Way 為「牛奶路」，又更屬笑話，都是了解太少之故了！

憑愛配對

「妻，婦與己齊者也。」古代字書說得好。「孤陰則不生，獨陽則不長」；「陰陽和而後雨澤降，夫婦和而後家道成」；「男以女為室，女以男為家」，《幼學瓊林》寫得妙。

問題是：怎樣配對？

太古洪荒之世，隨遇而合，或者個別情投意合，會於濮上桑間；或者集體掠奪，俘虜於戰勝凱旋之際。後來又發展而為「買賣式」、「媒妁式」。以舊日中國而論，三千年的宗法禮教，婚姻是「合二姓之好」，新郎新娘，只不過是作為「執行代表」。所謂「父母之命，媒妁之言」，無個人意志與自由戀愛可言。不近人情，不合人性，於是現代乃代之而為自由戀愛，如婚禮合唱之歌：

Bridal Chorus, (from *Lohengrin*—Richard Wagner 1813-1883)

Faithful and true, we lead you forth,

Where love triumphant shall crown you with joy!

Star of renown, flow'r of the earth,

May your young love know but gladness and mirtb.

Champion victorious go thou before!

Maid, bright and glorious, go thou before!

憑愛配對，情絲萬縷，緣訂三生將心獻賀嫁娶。

期以百歲，成好伴侶，人世覓找千個夢多佳趣。

執子手同嘗樂滿杯，相依戀情長效于飛。

（中文歌詞：李錫年）

筆者近年因澳洲李兄（世強）而認識美國另一李兄（錫年），可謂「上帝之命，老友之言」，魚雁屢通，聲應氣求之至！多蒙錫年兄贈筆者以嵌名聯云：

耀彩英華觀淨植——南歌喜雨挹清芬

投桃報「李」，筆者也嵌李兄賢伉儷之嘉名云：

蓮芳菊秀欣天錫——英彥華才樂永年

嫂夫人姓周，李兄叮囑云：「千萬不要對調夫婦的姓」——真幽默！（周錫年是已故香港名紳，李蓮英——唉，不必說了吧？）

動作多多

二〇〇四年，猴年新歲，少不免許多人都祝頌生機活躍，心靈手巧，正如馬騮！

馬騮是猴子到了粵語地區的名字，正如多年前大詩人兼翻譯家余光中說：王爾德到了香港，也講廣東話。

不是所有「國語人」都像已故大作家徐訏一般，「安其所習，毀所不見」，居港幾十年都瞧不上華南文化。中大哲學系一位教授，就曾生動地自述：對粵語由陌生而熟悉，特別欣賞它的鮮活豐富。

「隨」寓（或遇）而「喜」，接觸佛學的都知道這個名詞的意義，《聖經．創世記「巴別塔」》的啟示：紛歧萬變的語言，原先起於一本。是不是「一本」，儘可討論：語言隨生活環境而各有優長，應是常識。作家韓牧，日昨自加寄示他的年前舊作，速記世界盃決賽法國大戰巴西現場評述者的廣府話，只記與「足」和「球」相關的詞語，一小時內，超過七十個，包括許多不知道中文怎樣寫！例如：

踢　拉　撞　帶　劏　踭　點　搓
通　收　射　彎　撈　掛　勾　殺
偷　閘　拖　抽　漏　拍　抄　掃
扭　引　啄　托　批　挑　撩　踩
撬　猜　線　質　豆　省　熨　篤
攞　俾　甩　的　ut　dern　kiu
lap sip au ler fing yern quan……（傳真模糊，間中可能誤抄，統統筆者之過，請想像在下震騰騰守龍門，讀者諸君恕射十二碼可也。）

有位大陸貴人兼語文權威，好幾次蒞臨香港發表高見，要定普通話於一尊而賤滅方言；香港也有位真正博識飽學（而且富於學術勇氣）的容若先生屢屢奮起駁議。

筆者清楚記得，曾先後親耳聽到余光中、白先勇兩位國語文學大作家說：嚴格而言，國語比起方言，實在蒼白。

對。君如不信，請想想，粵語「論盡」一詞，怎樣找個完全相等的「普（請勿連涎沫也噴了過來）通話」？

論到藝術性，大家同意：文學不論雅俗，最重要是生動、貼切，例如我們說：內憂外患，弄到這個領導班子「打瀉籮蟹」——試想想：一籮八爪雙螯的無腸公子，突發事件地打翻，四處亂爬，看你如何是好？

又如「甩繩馬騮」——猴之為獸，似人非人，小巧機靈，動作無休，於是以繩拴之，不知如何，其繩竟「甩」，搗亂方向與幅度，或甚於脫韁之馬，用以形容失控頑童，「普通話」如何把他（牠）「規範化」？

再祝大家猴年生動，好事活躍，甩繩馬騮！

左右俱宜

（一）　（二）

這兩段是甚麼東西？

第一段押入聲「一屋」韻。中間幾句：「燕貝並网（網），酉（酒）井太矗」，燕雀、貝殼，一同網羅；酒井太高峻了。「自問工夫，央寒尖暴（曝）」，工夫自問不純熟，中央冷，邊緣熱。「門開閑間，去凶內（納）畐（福）」，打開門口，防堵間隙，除去不利，收納福氣。「凹凸從巾，僉合面目」，巾布配合面部起伏曲線。——看完了，不知說甚麼。

第二段押平聲「七陽」韻，文字容易得多，不過，看完了，還是不明白：中心思想在哪裏？

沒有甚麼中心思想，不過希望不致語無倫次而已。

請細看，這堆字——不，這兩組韻文，有甚麼共通點？

對稱。

對了。筆者早前搜羅了一堆字，都是左右對稱，寫在透明片上，正反前後看來一樣，最近覺得不如把它們組合一下，增加趣味，努力了兩個鐘頭，就得此結果。

當然，古之蘇蕙回文織錦、周興嗣千字文，今之前輩大師以《五四運動史》成名的周策縱教授，在陌地生（Madison，周教授趣譯所居城市）以對稱篆文撰成幾十副對聯述志，又在星洲以二十字作出幾十首回文詩寫景；比起他們，筆者所為，貽笑大方的雕蟲小技而已。

廢話連篇看此文

韓愈自己「焚膏油以繼晷，恆兀兀以窮年」，勤學而成一代大文豪，勉勵兒子，也說：「詩書勤乃有，不勤腹空虛」，因為「人不通古今，馬牛而襟裾」，不過，馬牛羊以至獅虎豹一生實在只知「食、睡、屙」；適值發情期，間中也稍賦〈關雎〉〈麟趾〉。多年前偶見一篇雜誌文章，題為「動物大都無所事事」，不禁大為感動，深深同意我們這類動物，實在「庸人自擾」。

動物園的走獸，似乎總選擇遊客光臨之際沉沉大睡。飛禽睡時隱於葉間；小立枝頭，就吱吱喳喳，恐怕都是簡單的情思。世傳孔子學生所聽「鳥語」：

公冶長！公冶長，南山有隻虎拖羊，你食肉，我食腸！

也只是極樸素的坐地分肥通告而已。

人為萬物之「靈」，所以多講了無數等於「零」的廢話。宦海浮沉，能打官腔，是生存要術。講說之時頭頭是道，聽者過後細想，才發覺言之無物，不着邊際，而又難以把捉痛腳，這是歷代巧宦的「指定動作」而又是不傳之秘。薄薄唇皮不斷吐出的清越聲音，便知倘無過人稟賦與後天努力，不克臻此——例如首先背誦下面一段不知誰作的、集爛調套語大成的應酬金句：

小弟、區區、在下、我，
欣逢各位老大哥。
閣下高明抒偉論，
問題值得同切磋。
並不排除可能性，
何妨檢討看如何？
此案已交各方面，
有關部門研究多；

詳情研討細參詳，
相信不會無成果。
確實解決時難定，
力求盡早能辦妥。
遺憾欲速常不達，
總之不會無期拖。
歡迎大家常指教，
下次聚會明年初。

「笑罵由他笑罵，好官我自為之」，要達此境界，上述文字必須熟讀。

巧立名目

新春筵席，粵饌菜單上又見到下列名目了。請先猜一下各款菜餚，究竟是甚麼東西：

1 錦繡大紅袍　　2 發財大好市
3 花開常富貴　　4 金銀堆滿屋
5 大鵬展賜開　　6 包羅更萬有
7 金鳳來報喜　　8 年年慶有餘
9 竹報喜平安　　10 嘻哈齊大笑
11 萬家齊歡慶　　12 五穀慶豐收
13 歲歲添長壽　　14 鴻運慶團圓
15 福星齊拱照　　16 美景可怡人

夠了！夠了！再抄下去，必為老編以鑊鏟對付，到時唯有應之以：

白鶴亮翅——手揮琵琶——抱虎歸山——倒攆猴——海底針——扇通背——高探馬——雙風貫耳——野馬分鬃——玉女穿梭——金雞獨立——彎弓射虎——退步跨虎——轉身雙擺蓮……。

亂抄！真懂太極拳的朋友忍不住大喝。筆者其實也算學過，可惜小心耐心恆心一概欠奉，草率成套，結果久已全忘。人問當初所習是吳家是楊家？答曰「武家」或「毛家」。如果禁不住狐疑再問，則曰，得自：「毛所謂授男，毛招準、毛招正二兄弟真傳」（粵語武毛與「無」同音），於是真相大白。

武俠小說的招式，名目更美。「雙龍出海」、「老樹盤根」……金庸「降龍十八掌」，連《周易．乾文言》也照抄了。

以字音同諧，字義雙關，字形離合作名字、製謎語，稍懂中文者類能言之，此處忍着暫不多說，只略說人名。海峽兩岸大人物：連戰、宋楚瑜、溫家寶、江澤民……連姓帶名，大有學問，至於欲「建華」而無心非「懂」；「志」在處理「平」機會而不知如「何」是好，皆可博一粲。又如古典中國書名：《文心雕龍》、《法苑珠林》、《藝舟雙楫》、《玉臺新詠》、《草堂詩餘》，美妙生動，雅練含蓄，真令今士汗顏，西人瞠目，這就是文化。

文化也表現在高人韻士喜吃而可能哂為或通或不通的篇首所列菜目，總之觸目動心，刺激胃酸唾液及時分泌：欲知所吃為何？請看如下。

1 乳豬拼盤　2 髮菜蠔豉　3 蟹肉西蘭花　4 沙律海鮮卷

5 魚翅　6 北菇海參鮑片　7 燒雞　8 魚

9 竹笙上素　10 夏威夷果炒蝦仁　11 薑葱焗蟹　12 炒飯

13 麵　14 紅豆沙湯丸　15 甜點　16 生果盤

——看官閣下，有類似的菜單嗎？本頁以下空間，何妨抄貼？

萬里長城萬計長

沒有錯字。是「計」。

你有張良計，我有過牆梯。

城牆在山脊，擔梯爬牆的、據牆拒梯者，大家都出計。大家都辛苦。請看《孫子兵法》。

沒辦法，生存競爭，爾虞我詐，你死我活。

胡人南下而牧馬，漢士彎弓以拒敵，於是，萬里長城萬里長……。

澳洲大陸太古老了——只有低丘大漠，沒有崇山峻嶺，沒有建築長城的好地點。

澳洲原住民太單純了（唉，不適宜說「原始」）——都是漁獵採集，都是游牧，沒有農耕，沒有「侵掠」與「防秋」的需要，地闊天長，一小撮一小撮的人你也移動我也移動，沒有建築長城的需要。

「中國人為甚麼建萬里長城？」

當然講的是英語。一個澳洲金髮男童，問正在駕車的父親。對中國的一切，典型澳洲人，一向都漠然懵然。

「為了把兔子擋在外面嘛。」

澳洲真的野兔為患，這些畜牲，繁殖力比盎格魯撒克遜人真的超強萬倍——媽的！否則美加澳紐都不必引入移民了，英倫祖家，如今也不必憂慮：土生而不接受西方信仰與價值的非英裔伊斯蘭教有色英人（銜頭真長呀），數目就快超過本色的約翰牛了。

拉住。不要又跑野馬。上述那個父子問答，是澳洲電訊公司的電視廣告。

悉尼華埠相鄰的動力博物館（Powerhouse Museum），為了辦好「中國長城展」，把上述廣告改裝為母親與女兒對話，講述長城的真正歷史。

* * *

萬里長城萬里長⋯⋯。

歌聲之中，一位珠圓玉潤滿面笑容的寶島姑娘出現了。

「小孟呀！」正在辛苦砌磚的一班男人大驚。

小孟一開口！

不是唱歌，是先把一粒糖丟進口，介乎「櫻桃」與「血盤」之間的口。

然後引吭一唱——

萬里長——

畫面變為中學歷史教科書的萬里長城地圖，地圖上的長城紛紛崩散。

砌磚的萬千男人，一切勞苦化為烏有。

——原來孟姜女哭崩長城，也全靠吃了這種潤喉糖！

幾年前在台灣見此賣糖廣告，為之絕倒，記憶到今天。

城寨佳聯勉粵人

好久好久以前，就知道九龍城寨有所龍津義學了，從沒看過。好久以前，探望一位居住美孚新邨一期的前輩，露台下望，就見到昔時的海濱，已經是花木扶疏的公園了。從沒下過去逛。

到離港十多年後第一次再在本地度歲的這個春節，人日後的星期天，在兩個約會之間的大半小時空隙，多蒙好朋友布倫廸、吳穎思伉儷驅車帶往上述這個荔枝角公園一遊。「嶺南之風」門樓牌坊，刻錄了當年龍津義學清賢所作門聯，一看，真是相見恨晚，大有意趣：

其猶龍乎！卜他年鯉化蛟騰，盡洗蠻煙蛋雨；
是知津也；願從此源尋流溯，平分蘇海韓潮。

上下聯第三字分嵌「龍」「津」，都用孔子典故，而極巧妙得體，《史記》載：孔子訪東周洛邑，問禮於守藏室之史（圖書檔案館長，註冊總署主任）老子，老子教以「去子之驕氣與多欲，態色與淫志，是皆無益於子之身……」大概是告誡他不要熱心政治、理想多多吧。孔子出而對弟子說：「老子之學莫測高深，真像變幻奇詭的龍了！」這裏稍改其意，指莘莘學子，前途無量，可能像神話中躍過龍門而化為騰蛟的鯉魚，把南蠻、蜑（蛋，舊日閩粵漁民艇戶之稱）民的野風陋俗，一概洗去。

孔子恓恓惶惶，率領弟子周遊列國，希望君主重用這個人才集團，實現仁政王道的理想，怎知頭頭碰着黑，更時時遇到那些厭倦現實的南方隱士嘲笑、勸諷。《論語．微子》篇有幾個著名故事，其中一個是：孔子在迷途，叫子路打聽渡頭（「問津」）在哪裏，碰到拍檔犂田（耦而耕）的長沮（高佬一腳泥）桀溺（大舊佬一身濕）兩人，一聽是著名好學問的孔子，就說：「啊，他嗎？他這麼好學問，多主意，一定知道所謂方向了！還用問人嗎？」——這裏也是反用其意，稱讚興校辦學，是知道建設社會的正確方向了！勉勵大家接上源遠流長的中華文化，地靈人傑，未來產生出蘇軾、韓愈一類偉大作家兼學者。

韓愈諫迎佛骨，觸怒唐憲宗而貶潮州，蘇軾忤新黨，被逐廣東，遠至海南島的天涯海角，後人譽二子之文為「韓潮蘇海」，而皆與粵有關，聯語用以勉學，可謂得體之至！

願大家多多欣賞！

靈肉戰場雅靜街

最好到此一遊，拍攝街道與大門之照——如果有興趣研究「比較宗教」或者「香港人的信仰」。

甚至「靈與肉之爭」——因為街口、街口斜對面，都有九龍塘的特色——時鐘酒店。

厚地高天，堪歎古今情不盡——慾也不盡。
癡男怨女，可憐風月債難酬——意也難酬。

酒店一過，對面便是「鹿野苑」，鹿野苑原在北天竺，據說釋迦牟尼悟道於菩提樹下，便在此初轉法輪、宣揚佛理。唐玄奘取經時，道場仍甚興旺，後來伊斯蘭、印度二教代興，遂成廢墟了！

幽雅寧靜的九龍塘金巴倫道街口不遠，那所用命名紀念這個佛教勝地的機構，大門有聯云：

鹿苑重開，遙接六朝勝地。
龍宮流衍，弘闡三論法輪。

六朝佛教流行，龍宮是據說古天竺大龍菩薩引名師龍樹入而見大乘經典之處，由此般若空宗之學大顯，龍樹所造《中論》、《十二門論》，與弟子提婆《百論》，皆為要典。以「龍」對「鹿」，但未嵌「野」字。

「法輪」是古代戰車，佛教借以象徵「摧破」煩惱，「運轉」不息、「圓滿」無礙之意。斜對面是「港密修明佛院」，屬真言密教，大門聯云：

修明金胎二部，妙行波羅蜜。
佛院密嚴三昧，弘展曼荼羅。

「二部」指「金剛界」（智差別，如金剛鑽石之堅銳、分析）、「胎藏界」（理平等，如胎藏之包孕種子）。「三昧」即「三摩地」，是心之正定狀態，引申為「奧秘」。「曼荼羅」以趺坐之如來為中心，四周方圓圖畫，繪上諸佛菩薩聚集道場，以作修持觀想對象。

對面又有道教的「慈德善社」：

聖仗舊神威，仙道莊嚴傳萬古。
者還新殿堂，師恩浩蕩利群生。

「者」即古「這」字，嵌字以應「聖者先師殿」。何以用「堂」而不用仄聲之「宇」，不知道。

福音派教育重鎮「播道神學院」便在此包圍之中，「漫看他萬千假名，且守我三一真理」，正是屬靈奮鬥濟世榮神的好處所。筆者更贈以聯云：

播育齊功，得好土而收良實。
道神同在，成肉身以救世人。

儒教聯談

傳統中國社會，以儒家為文化主幹，勉學勵志的對聯，基源於孔孟之教者自然比比皆是。且看一些佳例：

解經以理
校字如仇

漢唐解經，重文字形音義之以今釋古；宋明儒者則主於微言大義。「心性」「天命」也好，「歸納」「演繹」也好，其實都不外人心之理。至於經文一字之差，足以誤導讀者，由此而引申解釋，可以與原意相背千里，所以校對工夫，貴於一絲不苟，分寸不讓，古人稱之曰「校讎」。「讎」者，如仇人相對而爭辯也。清代乾嘉考據之學大興，承漢唐之流而勘宋明空疏之弊，校刊古籍大有勳勞，即在於此，不過發揮義理方面又不免輕忽，有待於今世學人，得西學之助而胸襟又廣了。

作字甚敬
讀書便佳

即使在電腦萬能的今日，練習書法仍然大益身心。書畫家多長壽，不是虛言，竅要在於靜氣凝神，恍如練氣功、習靜坐。

書法家會勉勵徒弟與自己：要做讀書人，不要做寫字匠。讀書增益智慧、拓擴胸襟，甚至變化氣質。這是稍有理智者的共識了。「讀書無用論」，只流行於暴政橫行、國民盲塞的地區。這點無須多講。

思於物有濟
愧為人所容

人性之所以異於生物性，就在於「利己」之外，兼知兼能「利他」，即所謂慈惠同情之心、社群責任之感。如孟子所說，除了「惻隱」之外，人心又有「是非、羞惡、辭讓」，共稱「四端」，所以，雖說「君子之過，如日月之蝕」，究以「寡過」為尚；被人家饒恕寬容，固應感恩，也應羞愧！向稱「漢學」發達、明恥惡辱的日本人，能多一點這方面的修養，就會少一點「島國根性」，勇敢一點為二次大戰的罪孽向世人誠心道歉了。

秉心猶似矢

求友得如蘭

箭矢堅而直，貴有目的，全速奮進，力盡方止。君子心志，亦應如此。直而能諒，並且多聞，是謂「益友」；人格的高貴，人品的芬芳，被稱為「王者之香」的蘭花可以媲美。有友如此，夫復何憾！

胸蟠子美千間廈
氣壓元龍百尺樓

詩聖名篇〈茅屋為秋風所破歌〉不必在此贅引了。「安得廣廈千萬間，大庇天下寒士俱歡顏」；胸中蟠着這個仁人志士博施濟眾的理想，風格氣象，自然高出凡俗，像漢末陳登，安居百尺之樓，而把只知問舍求田的庸俗之士，貶在下床了。

廉不言貧勤不言苦
尊其所聞行其所知

真正廉潔者，不把自己的清貧放在口裏；真正勤奮者，怎樣苦幹也不唉氣唉聲。尊所聞之學，行所知之道，修為如此，可稱君子了。

通人無方，不為玉，不為石；
修士有則，亦如錫，亦如金。

博通之士廣識多能，如孔子所謂「君子不器」——不像器皿般，用途有限，並無自己的價值主宰（這與《論語》另處稱讚子貢「器也」「瑚璉之器也」，是不同語境，並非矛盾）。至於士人修養，外圓內方，智欲圓而行欲方，和而不同，像錫一般可以銲合他人；和而不流，像金一般經得考驗，成色不變。

唯孝友乃可傳家，兄弟休戚相關，則外侮何由而入？
舍詩書無以啟後，子孫見聞止此，雖中材不至為非。

這是典型舊日士大夫社會的理想了。孝親敬長，推而為忠君愛國，兄弟怡怡（不要像魯迅周作人般，一個羽太信子的「窺浴疑雲」，便從此反目，終身不見。更不要像古往今來無數例子，因爭寵爭產，更多是妯娌不和連及兄弟，於是甚於寇仇水火）。「兄弟鬩於牆」，尚且「外禦其侮」；兄弟和洽，「二人同心，其利斷金」，外侮更不得而入了。

詩書泛指文化禮樂，以此作為傳家之學，教養有功，庭前玉樹芝蘭，不致化為蕭艾榛莽，即使中等之材，也可不求有功但求無過，不至於作歹為非。

今日社會大變，許多人都沒有弟兄姊妹，不過，朋友、同僚、機構社團同道，交通關係，比較以前繁複密切多了！至於所學所習，更五花八門，不是「詩書」所能概括，「見聞」更不會「止此」。「將相本無種」，「生兒不象賢」，如何「傳家啟後」？怎樣教養社會下一代，使他們「到老也不偏離」？學問大了！

雅言詩書執禮

益友直諒多聞

上下聯兩句均出《論語》。言語分歧，自古已然，專家也只能述說現象，在「然」的層次分析。關於最後、最基本、最高深的「所以然」——為甚麼有人這麼紛雜的言語？

器官構造、地理環境、食物品類……都不足以解釋。《聖經》巴別塔云云，是宗教式喻示；迄今為止，真正原因，相信只有上帝知道。

孔子知有上帝，「上帝」一詞，早見於《詩》《書》兩經。孔子又早以「知禮」著名，由「禮」而明「義」，溯「義」以歸「仁」，孔門之教真諦在此。三千弟子，七十賢人，莫不聞之。孔子的教學語言，就用當時列國通行的「標準話」。同道為朋，貴乎正直而體諒，博識以切磋，這個原則，相信千秋萬世，都應該正確。

立身須似真男子
臨事無為淺丈夫

孔子教子貢以至其他所有弟子，為「君子儒」而莫為「小人儒」，意即如此。平時講論，可以頭頭是道，臨到考驗，是否處變不驚？能否指揮若定？這才見到真正修養。

讀書心細絲抽繭
鍊句功深石補天

細心、耐心，不論治甚麼學問，都是要訣。至於語文表達、鍊字造句的工夫，更在所必講。下筆之初，運思每每未盡妥善，須當適當補充、修改，「萬里相逢猶似夢，百年垂老更何方」，一改為「萬死相逢真是夢，百年歸老更何鄉」，精彩更出，就如女媧煉石以補青天了！

語為吉祥滋厚福
心緣謹慎歷亨衢

「贈人以言，溫於絲帛；傷人以言，深於戈戟」。立言須慎，我輩以教書作文為業者，更切盼自己警省、良朋教勉，「諸葛一生唯謹慎，呂端大事不糊塗」，能夠如此，庶幾人生有坦途。

閉戶讀書真得計
當官持廉且不煩

「風聲雨聲讀書聲，聲聲到耳；家事國事天下事，事事關心」，晚明顧憲成當太學生時的勵志之作，不愧儒者名聯。讀書之時，貴乎潛心，方免養備未充而倉卒應世之弊，至於攝職從政，「貪利貪，貪名亦貪」，持「廉」之道，大須講究了！

至行豈能外名教
高文遂欲無古人

教育基礎，在於人的榮譽向上之心，不甘與草木同腐，不願與禽獸為伍。所以，「三代以下，唯恐不好名」，三代以上的傳說堯舜之世不必講；有史可稽的世代，榮譽向上之心，永遠是人類文明的原動力。「不求聞達於諸侯」的孔明，只是不想苟且求合，要如淑女的「擇人而事」；一遇到三顧草廬，既誠且敬的劉備，他就鞠躬盡瘁，為彼此共同的志業而奮鬥了！所以孔子碰到南方隱士「知其不可而為之」的嘲諷之時，就答以「鳥獸不可與同群，吾非斯人之徒與而誰與？天下有道，丘不與易也」的決志宣告。敝屣功名，只因為功名之路被「不仁而在高位」者污染；但並不表示社會上進之路不應該清除、不能夠潔淨。「無事袖手談心性，臨危一死報君王」的理學腐儒不必說了，以逍遙為樂、以捨離為高的莊老釋迦之學，也不必說了，三教流行二千年，只落得「千年古國貧愚弱，一代新邦假大空」，反看人家：「順從神，不順從人，是應當的」，「預備主的道，修直他的路」，此所以二千多年的儒者，無奈於君主專制：誇誇其談的明心見性，無救於四海困窮；「開」不出科學，「轉」不出民主。以基督福音為共同信仰的國度，反而九百多年前便有虛君立憲，而「為主作工」以窮理務實，有發達的經濟與科學。

文化貴乎日新又新，藝術創作更是如此。《南齊書·文學傳論》所謂：「其在文章，彌患凡舊；若無新變，不能代雄」，持論極高的顧亭林更說，「必古人之未及就，後世之不可無，然後為之」，這樣的作品，當然是「高文」了！

韓子文皆自己出
溫公事可對人言

韓愈名言：「古者文皆自己出，降而不能乃竊賊」。創作貴乎有個性，即使力求「客觀」的學術論文，也必以抄襲為恥。港台大陸，都有上庠敗類，偷老師（甚至學生）業績為自己取學位、升高位的論文。有人身敗名裂，有人過關並且延長又延長，方始「榮休」，運氣不同，可恥則一。當事人當然「臭屎密冚」，諱莫如深。又有多少人，真能如司馬溫公（光）所謂：「事無不可對人言」呢！——話又說回來，即使百分百聖人，有些私瑣之事，還是不必對人言吧？

對聯，既有發揚「儒者之道」，亦有把二千年來互補的「儒」「道」兩家之學，一併展佈。

文章散作生靈福——議論吐為仁義辭
不因果報勤修德——豈為功名始讀書

這兩聯是典型的孔孟之學，次聯尤佳，進德修業，本身便是價值，如果更明白得力根源，便是〈哈巴谷書〉最後之前那節金句了。

砥行似銅，持躬似玉；
守口如瓶，防意如城。

銅愈擦愈亮，玉溫潤晶瑩，瓶口窄而有塞，城堅固而開關有度，以之喻口、意、行為，也是傳統格言了。

守古老家風，唯孝唯友；
教後來恆業，曰讀曰耕。

這是晚清以前二千年的社會規範，現代是大變了，不過也有不變的：

公則生明，誠能撫眾；

和而有節，立可與權。

由自許為「政治家」到起碼的立志「我要做好呢份工」，這四句都是金石良言，否則：

行言不易空言易——評事無難了事難

過如秋草芟難盡——學似春冰積不高

那就容易又流於「假、大、空」的中國官僚習氣了。

每思於世何補——應知在人莫求

鐵肩擔道義——辣手著文章

這是理想境界，不過，奉儒守官，也不能忘失逍遙之樂，古人聯云：

勸課農桑誠有道——寄懷魚鳥欲忘形
六經讀盡方拈筆——五嶽歸來不看山

都是兼宗儒道，有副對聯真可作現代人的圭臬：

好人都自苦中來，莫圖便易；
凡事皆緣忙裏錯，且更從容。

從容地澄清心意，從容地靜觀萬物，就發覺：

山隨畫活——雲為詩留
道心靜似山藏玉——書味深於水養魚
清風明月本無價——近水遠山皆有情
無事且從閒處樂——有書時向靜中觀

學向靜中尋理趣——心從閒處見根源
好書不厭看還讀——益友何妨去復來
得好友來如對月——有奇書讀勝看花
閒居足以養志——至樂莫如讀書

都是興味深長，而又字字易解。喜歡書法者，更可寫寫：

幸有兩眼明，多交益友；
苦無十年暇，熟讀奇書！

傍住幫主綁豬

中國上世紀，承晚清衰敗之後，民族文化自卑之感，洋溢朝野，左右皆然。魯迅說過：「漢字不亡，中國無望」。他的好友瞿秋白留蘇，力詆華語落後，漢字「野蠻」，主張全部拼音，附和者後來匯成「拉丁化」運動，也是「左傾盲動主義」表現之一。幾十年後，當然連小學生也知道行不通，當時激進的他們卻恨不得一蹴而幾。他們聲言：二十年內盡廢漢字，走世界各國相同而先進的拉丁文道路。過渡時期，就把漢字隨便簡化。殊不知漢語三大特點：單音綴、孤立、有聲調；拉丁字母，國際音標之類，用作輔佐符號表示聲音當然好用，代替方塊字就行不通了。

同一批人，同一時期，又想盡廢各地方言，而統一於普通話。不知人類方言，本出天籟，生動自然，靈活多變，即如京津土語，便非普通話所能盡表。江浙人講吳語，閩台人講福佬話，亦是自然，所謂普通話，取其「普及通行」，取黃淮平原語音詞彙為公約骨幹，以利各省溝通，與各大方言並行不悖，互相流注。如果執一廢百，不只有欠明智，亦行不通，筆者清清楚楚記得，有年親耳聽到當代講國語的文豪大家余光中、白先勇，一先一後說過：「嚴格來說，國語是貧血的」——他們的意思是：方言中鮮活生動的詞彙，可以用來豐富國語，文學之所以為文學，就在於此。

筆者常舉一個簡單的例：粵語「論盡」一詞，就並非普通話所能代替——倒霉？蠢笨？狼狽？顢頇？都可以是，也都不完全是；可以罵人，也可以怨自己，更可以不褒不貶，只道出時運不濟，遭際舛誤，而出之以疊韻的一詞，原文其實不知如何書寫，「論盡」云云，表聲而已。

又如本篇題目，本想講同音詞聲調之異(「傍住」——依傍着；陽去，陽去，「幫主」——陰平，陰上「綁豬」——陰上，陰平。)不想一寫已經字數滿瀉，唯有打住——真「論盡」啊！

老爺、老嘢、撈野

有位海外華人——是何國籍，暫不講他，他就如澳洲總理陸克文（Kevin Rudd）之華裔東床快婿一般，娶得西方美人為妻，於是攜回香港，拜見父母，那美人也想尊重中國禮教，雖然不識中文，但為了給翁姑一個好印象，在航機上面八小時半，起碼用了一半時間來苦練：father-in-law 親切而禮貌的粵式叫法。

既到機場，出到閘口，美人一見家公，便展微笑，啟朱唇、發皓齒，鶯聲嚦嚦，大叫她心中的□□。

聲音一出，新郎與所有懂中文者，都大驚失色，原來她叫的是——■■。

□□與■■，究竟是哪兩個字？各位看倌，請自憑想像，就此次拙篇標題三個詞語，選取其二可也。

「聲調」是漢藏語系的特色。所以，漢語各支，無論北方普通話、南方吳、閩、客、湘、贛語，以至西南官話，都有聲調，除廣西博白據說有十一聲調外，粵語九聲可說是大方言中變化最豐富的一種，抑揚鏗鏘，恍如歌唱，稍有中文常識都知道保存隋唐北宋時期雅言正音最多，所以用之朗誦唐詩宋詞，特別傳神悅耳，這是內行人的天下公言，並非廣東佬之「山頭主義」也。

粵語九聲，平上（讀上聲，勿讀為「尚」）去各分陰高陽低，入聲（收-p -t -k者）更有高中低三種，粵人幼而講之，長而習之，毫無困難；非粵人則往往甚難掌握。「夫婦扶父」與「呼父負虎」不分，原來是「富婦苦夫」，可謂差之毫釐，謬以千里！

（注：粵語「老嘢」：老傢伙；「撈野」：撈了便宜。詞氣鄙俗無禮，淑女不宜。）

宦海墨韻

四字全仄。宦海波濤真不平，空餘墨韻滿堂廳——在悉尼的新南威爾斯藝術博物館。書跡展品捐自一位做過港府高官：主理新界民政事務的 James Hayes ——中文姓名：許舒。

原來他退官移澳，並且把在港三十四年（一九五六至一九九〇）間收藏的清官（唉，清代的官。是否「清官」，無暇、無意、也無力考究）墨跡，捐獻了一批（是不是全部，不知道）給該館。好！

書法當然都甚好，幾百年士人畢生精神心力之所寄。筆靈墨妙，才可青雲直上。不過，正如晚清啟蒙大師魏源所指出：「所用非所養、所養非所用」，正就是中國傳統政治，特別是清代選官用人的致命之疾！當許舒從英國飛來香港做官，主理新界民政，飽覽祖祠寺廟的書法佳製，公餘更流連古董店鋪、廣購清人名聯墨跡之時，不知有沒有欣賞、羨慕、慶幸、嗟歎……種種複雜結合之感？

話又說回來。在悉尼所見的展出 The Poetic Mandarin「宦海墨韻」，有四十多家的書跡名品。以筆者的淺陋，也有下列這些熟悉名字：

成親王永惺，集韓愈，庾信詩：「鸞翔鳳翥眾仙下，珠聯璧合重光來。」

陳灃（蘭甫）集稧帖：「言與蘭清，氣同竹長；情猶水靜，品若山崇。」

左宗棠：「仁慈性是長生海，靈妙心如九曲珠。」

陳璞：「早春重引江湖興，懶性從來水居竹。」——末二字原件當是倒寫了。

曾國荃：「玉芝紫筍生無數，露葉風枝晚自勻。」

李文田：「威鳳祥麟瞻其文采，芝蘭玉樹貽爾子孫。」其孫李棪，曾在倫大、中大任教。曾在孔聖堂主持活動的張威麟，如見此聯有自己的名，想必視為至寶。

張之洞書杜「奉乞桃栽一百根」《蕭八明府實處覓桃栽》，仇注卷九。

徐世昌草書陸游二絕句，此君入民國為總統。

朱汝珍行書汪琬七絕。此君為甲辰（一九〇四年）榜眼。探花是寫過科舉實錄的商衍鎏，有行書集陸游七言聯。

區大原贈硯田聯：「鐵硯磨穿為俊傑，福田收穫在兒孫。」區氏兄弟皆太史翰林公，曾教港大。

此外，還有陸潤庠，偽滿洲國鄭孝胥，辛亥名人端方等；區為柏集九成宮醴泉銘，鐵畫銀鈎，真是再世歐陽詢。

鐵硯磨穿罪抑功

電腦時代，更多人不習慣執筆、更多人握管姿勢奇醜的時代，寫得一手好字，才真的可貴。特別是不以中文為專業，純粹出於藝術興趣，如善寫舊詩的香港腎科大國手陳文岩醫生等高人，更值得佩服。

對前清時代，為了考試做官而讀書寫字的人來說，練好書法，就如今人的學好英文。功名富貴、事業生存所需而已。

學好英文，起碼更了解西方文化。中國字寫得好，卻未必特別表示精於中國文學（不要說「中華文化」了）。書法，正如繪畫，是一種特殊藝能，與人品、學問，並無必然關係。由唐至清，不知多少品學兼優之士，因為字體欠佳（或者實佳而不入考官之眼），於是屈沉下僚（甚至終身不第），因此長才不展。三十多年前，筆者以晚清啟蒙大師魏源，為博士論文研究對象，就深深嗟其晚達，服其卓見。他有《都中吟》十三首（如今所謂「北京雜感」），其中之一：

小楷書，八韻詩，

青紫拾芥驚童兒；

書小楷，書八韻，

將相文武此中進……

從此掌絲綸，從此馳轺鐸：

官不翰林不謚文，官不翰林不入閣。

從此考樞密，從此列諫官，盡憑鉞管繡鴛鴦……

雕蟲竟可屠龍共，誰道所養非所用！

屠龍技竟雕蟲仿，誰道所用非所養！

昨日大河決金堤，遣使合工桃浪詩；

昨日樓船防海口，推轂先推寫檄手！

當然，有時「一管繡筆，勝於三千毛瑟」，文宣的力量，真是精神的核子爆炸。不過這是梁任公、毛澤東一類的政論文字，並非那些只懂逢迎塗抹的文學侍從之臣者可比。至於書法，特別是科舉所尚的館閣之體，就更與個性、思想、關係極小了！全國精英勞精疲神於虛浮之文，華巧之字，那得不政衰民弊！

鴉片戰爭結束，中國首嘗割地賠款之辱。江寧簽約，中主英客，有例款以華筵。向來飲食奇劣只知炸魚薯條的英國人，大快朵頤，歎為得未曾有，「大讚」主人：「如果你們用烹調的十分一精神來打仗，我們不一定贏啊！」

許舒（James Hayes）當年在新界做高官，飽受鄉紳款待，廣收清官書法名跡，不知有無此感？

奧伏赫變

中文有些絕佳翻譯，音義兼顧，妙到毫顛，真是虧他想到！

例如：Coca Cola——可口可樂，「啞行者」蔣彝的妙譯。二戰之後，此飲品發展東方市場，徵求譯名，蔣氏因之獲獎，其名於是風行華語世界。「可口」是習見詞語，「可樂」出陸機〈文賦〉：「伊茲事之可樂」。四字合成一名，貼近原來聲音，意思又極吸引，好！

Club——俱樂部。日本原譯「夜總會」，中譯連C、B輔音的氣勢都「譯」出來了，真值得為此而浮一大白！

Utopia——烏托邦，Thomas More的著名社會主義理想國，即如柏拉圖的Republic，是「烏」有的，假「托」的國「邦」，好！

以往看書，常見「奧伏赫變」一詞，不知何解，後來才知是Aufheben，即「突變」、「飛躍」之意，分析起來，可見譯者苦心：

「奧」——深奧，玄秘；
「伏」——僭伏，隱藏；
「赫」——顯赫，突然；
「變」——突變，遷改。

世間事物，有些可以在人類掌握的速度與過程之中變改，不過更多是潛移默化，在人所不知不覺中醞釀，一旦達到臨界點，突然呈現新貌，日常生活中，其實到處都是例子。

男孩突然聲音變粗，長出鬍子；
女孩突然要買婦人用品，熱心化妝；
學單車，突然能夠自己上車；
學游泳，突然可以浮起，自己呼吸。
（以上是「好事」的例子，壞事不提了。）

朱子說：「用力既久，一旦豁然貫通」。人的學習、進步，也是一種「奧伏赫變」——質諸高明，以為然否？

樂、博、索、確、作

怎樣欣賞文學作品？如何提高語文能力？這兩件事，實在互為因果，現在把它歸納為同韻的，一向稱為「入聲」的五個字——五者相攝相交、相即相融，原本不必強分先後；不過。為了解說方便，就排個次序：樂、博、索、確、作。

首先是「樂」。人生目的不外尋求喜樂；學問進步、修養增加、免於鄙陋，這是讀書之樂。有字沒字的書讀多了，事態人情看多了，自然有所感發，於是執筆成章，以文會友，這就是寫作之樂了。

要獲得上述喜樂，知識要豐富廣大，思想要通達開闊，此之謂「博」。古今中外的大作家，往往是百科全書式的人物，他們深厚的功力，莫不來自恆久的精勤，然後天賦才華得以高度發揮。從書本中學，在生活中學，所謂「世事洞明皆學問，人情練達即文章」，學問的胃口永不衰退，讀文章、寫文章的樂趣就永不消失了。

樂趣的一個來源、博學的一種手段，就是「索」——勤於搜索、敏於思索、精於發現線索，而其歸宿與目標，就在於「確」。

「確」就是真確的思想與感情，精確的遣詞造句，這也是令人真正欣賞、感動的唯一方法，而在寫作之時，鍛鍊修改的工夫，就不可不講了！

「博」、「索」、「確」都是平日的積勤；實際執筆，卻最好乘着意興、順着情致、水到渠成、一揮而就。這樣，自己固然「樂」觀厥成；天下後世，也可能共稱傑「作」。這就是最佳的境界了！

倒置重輕誤港人

種瓜得瓜，種豆得豆，一個城市的文化表現，全在於當地的教育政策。

不論何時何地、人才的培養、考核、登選，都自然決定了某一門學問技能的發達程度——唐詩為甚麼輝耀千古？一個重要原因是當時取士以詩。自唐至清，為甚麼書法名家輩出？因為試卷的字，講究正、大、圓、光。星洲的英文，為甚麼平均比香港好？因為英文是他們超華、馬、印等文而上的普遍第一言語。香港幾十年來，英文學校優勢雖不如星洲之甚，但中文教育之飽受歧視、壓抑，早已是人所共知，無可辯解的事實。有些自覺善為說辭的官員，解為「家長選擇」、「社會需要」云云，都不過是因利祿所關而砌辭卸責、自欺欺人的門面話。——請想想：德國、法國、日本……科技文化何嘗不先進？工商經濟何嘗不發達？有哪一國不是從小學到大學，都以本國語文為主？

有人立即說：「英文是現實的世界語言啊！」當然，這是事實。英文很重要。可以、而且應該、作為「第一外語」學習。有語言天份而且特別興趣者，可以培養為翻譯人才。

工作做得好，全民都受惠，日本便是一個好例子。但是，如果要整個社會人人都唯英語是務，妨害了所有其他科目的學習，這只是殖民地教育——更坦白說：是奴化教育——叫所有非英裔的當地居民好使好用，能與主人好好溝通。這是既得利益的主子，和自覺或不自覺的幫兇者的講話與做法。縱使不是「誤盡蒼生」，也可說是「多誤港生」了！

05 餓貓與煎魚

讀中文 看世界

李四張三孰永強

Tom, Dick & Harry，為甚麼中文叫「張三、李四」？

如今許多人不知道了。唐、宋士人風習，稱呼朋友，以對方兄弟排行繫於姓氏，所以有李十二白、杜二甫等等稱呼，〈與元九書〉一文，〈與元八卜鄰〉一詩，都是白居易著名之作。

唐朝長久輝煌，而王室姓李，於是臣民接受賜姓或外人歸化而取漢姓者，亦以「李」為多。居了全民族的最前列，可與爭鋒者二千年來唯有「張」姓；現代各皆過億。如果各自成為一邦，亦是世界大國，可謂子孫昌盛，葉茂枝繁之至了。

不知從甚麼時期開始，兒孫命名，喜用「志強」、「永強」以至「國強」、「華強」之類，後二者則近代中華多難，共勉復興；前二者則身體精神，禱祝康泰，好意願變成好名字，難怪任何一本華人電話簿，「張志強」、「李永強」（或姓名對調），總佔起碼半頁了。

所以，讀者諸君放心：這篇拙文，單單針對的並不是閣下。當然，也包括了閣下、在下、以至所有圓顱方趾的人在內——畢竟，我們其實都知道：論肉體，誰能免生老病死？論精神，誰能真正「無欲則剛」？孟子所謂：「富貴不能淫，貧賤不能移，威武不能屈」，誰可以真正、長期做到？所以，「志強」誰個真「永強」？

此所以教徒提醒自己，也勸告他人，要謙卑，要向山舉目，向神俯首。

文人大話兼無行

法國大思想家盧梭，自稱生來是為了愛，卻對一再襄助他的養母兼情婦華倫夫人任由貧病而死，他一面鼓吹兒童教育，一面卻把五個親生孩子變作棄嬰。

俄國大文豪托爾斯泰大談博愛，但其實沒有愛過具體的人。英國大哲人羅素，美國大作家海明威，都藉着蓋世高名，與許多女人鬼混。挪威劇作家易卜生逢迎權貴，任何時候都炫耀所得的勳章。

Paul Johnson 在其 *Intellectuals*（所謂的知識份子）中詳細介紹上述幾位，以及詩人雪萊、共產主義祖師馬克思等等真實的行事為人。他最後說：「人比概念更重要，人必須處於第一位。」——問題是：許多罪惡，不是正因為英雄豪傑，「欲與蒼天試比高」嗎？許多自任人類導師的大哲鴻儒，不是為了某種烏托邦理想，而剛愎自用、好心做了壞事嗎？

只收窄到文藝，情況或者更糟。文人情感經常蓋過理智，又善於用文字欺人自欺，一千五百多年前，中國大評論家劉勰，在《文心雕龍．程器》篇，中間一段歷指漢魏六朝一班大名鼎鼎的作家陰暗的一面。語譯他的話是：

司馬相如不正當地獲得妻子，又非法收受金錢。揚雄貪酒，政治投機又押錯注。馮敬通品行不端，趕走不允納妾的太太。班固諂媚軍閥，作威作福。馬融做軍閥爪牙，貪污舞弊。孔融、彌衡，傲慢放誕，累自己腦袋搬家。王粲熱中而輕浮，陳琳盲從而無知，都只會奉命主子而舞文弄墨。潘岳用假文章陷害太子，陸機以才能逢迎權貴，最後都捲入政爭而橫死。

所以他感歎：「雕而不器，貞幹誰則？」（雕琢華美而不成品學兼優的社會器皿，所謂棟樑，還有甚麼標準？）沒耐心讀文言的人，可以只看曹禺戲劇、蕭乾散文、沈從文小說。

余杰在《老鼠愛大米》中記述：反右之時，曹禺要表現進步，毒罵當年知音蕭乾是圓滑深沉的泥鰍。他這種怯懦與背叛，又表現在蕭乾與沈從文師生之間的互相批鬥揭發上面。余杰感慨：這幾位「大師」，連起碼的道德底線都不能堅守，比諸二十出頭的遇羅克，何其下也！

在逼人變鬼的地方以外成就大名，以一早讀完《聖經》，多年精修佛典自詡的大才人，實際行為，又如何怎樣？

自閉與自蔽

「安其所習，毀所不見，終以自蔽」（安於所熟習的，詆毀自己見不到它長處的，結果就蒙蔽了自己的眼睛）。《漢書》這句名言，道出了人性弱點，真是一針見血。

「三十而立，四十而不惑」，人的心路歷程大抵如此。可以是優點，也可以是缺點。思想定型，學問胃口呆滯，就會對新的事物，或者自己所不熟悉的事物，懷疑、抗拒、貶抑、打壓。自覺或者不自覺地用自信自大來補償或者掩飾自疑自卑，結果是自欺自蔽。

四十多年前，筆者初進大學，那時甲骨、金文早已成為顯學，但還有些只知《說文》皮毛而全不懂古文字的人，痛詆鐘鼎文只是圖案，而甲骨大半偽造。果於自信，急於自表的梁漱溟，勇抗毛澤東固然可敬可嘉，不過當年二十多歲，未出國門，又不通西文，竟敢高談闊論中、西、印三大文化，簡括其特點，並且有意貶抑歐美，卻難免是胡適所謂「不通」，周質平所謂「狂妄」了！（參看周氏《現代人物與思潮》，台三民版。）

張君勱先生晚年流離窮厄、寓居海外，讀錢穆所論中國傳統政治、慼不絕心，於是寫成巨著《中國專制君主政制之評議》，痛惜其舊友享史家之名，居國師之尊，每每「未登西方之堂奧，而好作長短得失之批評」，「胸中先有成見，乃採其合於已者作為歷史之真相」，不合邏輯更不合事實地貶西揚中以求民族情感的一時快適，令「留西較久」者，啼笑皆非之餘，不得不有所指陳匡正。

與錢先生齊名的唐、牟兩位前輩，研究本應冷靜深思、邏輯精密之學，久享盛譽。年前筆者因演講而細閱他們兩位評議基督教的言論，發覺捕風捉影，以偏概全的地方，竟然隨處都是，總之就為了達成「中國文化不只可以自我更新，開出民主轉出科學，更可救西方於窮途」的結論，如此這般，實在令人感歎！

楓國何思撝（韓牧）兄，博識多才，四年不見，傳來專欄短文，談及某專業作者強調漢語規範，蔑視方言，並且「窒」何兄一句：「香港專欄成就，要歸功廣府話了」——許多「北大人」中原心態過盛，不懂（也不屑）了解南方方言之豐富生動而又同時古雅，「誤會太深」，何兄唯有不再解釋，以後點頭算了。

餓貓與煎香的魚

各位看官，在下這廂有禮，希望閣下不要看到一半，便已怒不可遏，把在下轟走。

他講得不是沒有道理。

他是誰？

先引兩段中國古人智慧的話。古語說：「冶容誨淫」。老子《道德經》說：「不見可欲，使民心不亂。」——當然，現在是人民做主，女權當道，上述兩句話能不能夠支持陣腳，不知道。

澳籍伊斯蘭教長阿希拉利，在齋戒集會上對五百多人講話，說：「如果把一塊肉不加掩蓋，隨便放在街上、公園，被走過的貓吃了，是誰之過呢？」

他的意思很清楚：伊斯蘭教的蓋頭服裝，有道理、有必要。女人袒胸露背「柳腰擺動」是引致非禮強姦的原因，可以說：咎由自取。

他這番話，激怒了許多人，包括身在澳洲、思想不那麼「傳統」的伊斯蘭婦女。

聯邦「性歧視委員會」主席（當然是女士了）要求他「離去」——離開教長之職抑或離開澳洲呢？她沒有說，另一位女議員就要求他滾回中東，總理何華德高見如何？「不可接受」，他說。

不知道有幾多人在心裏說：「也有道理」，《聖經》故事：大衛王與拔示巴通姦，殺了本夫烏利亞。大衛固然犯了大罪，但是，為甚麼拔示巴美人出浴，而可以讓「在王宮平頂上遊行」的大衛看見？

現代色情的引誘更多，道德和法律上的懲罰卻仍然很大，男性真要更加自律自制了。當然，各行一步，現代女性在發揮吸引異性的本能之時，也多考慮一下自愛自保，好嗎？兩性的問題，兩性都有責任處理；單單由任何一個性別負擔，都是不好。

兒不成材又若何

「子孫賢，明吾德；不賢，猶我身生一虱蟲而已，何必細問！」爽！灑脫！不愧康聖人的口氣！

章立凡在《往事未付紅塵》中記載：「我是支那第一人」的康同璧兩個弟弟庸碌無才，康有為弟子徐勤私底下對康氏說：「師弟不賢，何以傳父業？」康氏笑着答的，就是篇首那個警句。

袁子才與弟香亭信中引述《顏氏家訓》的作者、北齊顏之推的話：「子孫者，不過天地間一蒼生耳！」真是達人之見！當然，講這類話的當事人，恐怕都是無可奈何地「生兒不象賢」，始則恨鐵不成鋼，繼則無可奈何，終則大徹大悟。且看這位清代第一大才子怎樣說（括號內文是筆者胡注亂補）：

「我閱歷人世七十年，嘗見天下多冤枉事。有剛悍之才，不為丈夫而偏作婦人者（唉，如在今日，可競選美國總統），有柔懦之性，不為女子而偏作丈夫者（現代此類人而俊俏者，又多為爽朗明麗之少女所喜），有其才不過工匠農夫，而枉作士大夫者（今則可能為國會議員矣），有其才可以為士大夫，而屈作工匠村農者（今幸牛棚已拆，五七幹校暫成歷史矣）……。

「性之所無，教亦無益也。孔孟深明此理，故孔教伯魚（孔鯉為人似乎純鈍，遠不及子游子夏，不必說子貢顏淵了），不過學詩學禮，義方之訓，輕描淡寫，流水行雲，絕無督責（故事見《論語．季氏》，即「幼承庭訓」之典；不詳說了）。至孟子則云：父子之間不責善，且以責善為不祥，似乎孟子之子，尚不如伯魚，故不屑教誨，致傷和氣……而今卒不知孟子之子為何人……韓柳歐蘇，誰能靠兒孫俎豆者？算疇五福，兒孫不與焉……」。

《尚書．洪範》，箕子為周武王陳九疇，最後「五福」並不包括「兒孫」，可見子孝孫賢，是比「壽富、康寧」之類還不可捉摸的東西，所以聖賢如孔孟，也懶得多說了！

何故

有位朋友，真的叫「何故」。

姓「何」名「故」。人就是一見乍驚、想笑；能稍多思想的，便發覺這兩個字，就是人類科學、哲學、以至宗教的起始。

何故蘋果會跌在頭上？牛頓因此發現地心吸力。何故入太廟、每事問？孔子因此發現人心吸力。屈原問天，鋪排了楚辭；莊子問「神何由降？明何由出？」展衍了道家。

「道」字的中文寫法真有意思。領導行動（「辵」）的，是思想（「首」）。諸子百家、東西古今哲人，都各有其「道」，各有其終極關懷、思想方向。萬物之中，人的感情最富、最善於表達；人又獨特地具有理性。於是會「發乎情、止乎禮」——何故有規矩、儀式、典章、制度？因為如此這般，方才「合宜」。合宜就是「義」。何故有合宜的原則？因為人心這樣才安適，人的精神，如此才向上提升。這就是「仁」。「仁」是果實的核心，也是人類精神的核心，人類文化、道德倫理的核心。所謂「仁者人也」，所謂

「仁，人心也；義，人路也」；這就是以孔孟為萬世宗師的儒家。由禮以明義，由義而知仁，這就是孔子。

繼續向山舉目。繼續問天、俯首。繼續問「何故」？——何故人會有良知？何故人可以「居仁由義」？對輕藐仁心為「第二義」的高人，其實仍然可以追問：何故人會有悟道的明覺？

我們於是知道有愛、人類的、造物司命的主。

情與法的矛盾

有些大人物，名高一代，不過，某些言論，也會令人不禁噴飯。自稱聖人的康有為就是一個例子。孔子可議的一句：「父為子隱，子為父隱」，他的《論語注》說：

「父子，恩之至深，尤當隱諱。此天理人情之至，故義無定，在隨時處中。於人，則證之為直；於父，則隱之為直。」

「今律：大功（按：指喪服所代表的親屬關係）以上得相容隱，告父親者入十惡（按：十惡不赦）之列，用孔子此義。」

孔子原來那句話，是因葉公對他說：「他們那邊有人很正直：父親偷羊，兒子告發。」所以他答之如此，康聖人說：「葉公惡儒教多諱，故以此諷，而適以見其野蠻而已。」——所謂「多諱」，即是許許多多的「為親者諱」、「為尊者諱」，逢迎權勢，偏私親族，黨同伐異，以至排害忠良，早已史不絕書，於今猶烈，不知這是文明呢？還是野蠻？真要請康家許多內內外外後人，評議評議，看他們怎樣「為親者解」。

在清末民初的時代，中國很少人去過加拿大，不像今天溫哥華、多倫多、愛民頓、卡加里，滿街都是黃膚黑首。康有為說：

「英屬加拿大，有女淫犬，而父揚之報中，是亦直躬之類，未被孔子之教故也……禮曰：子不私父，則不成其為子——此孔子因人情而特立之情義，所以與異教殊也！」

不顧所謂「家醜」，舉報劣行，可能是要號召眾人共滅罪惡，這正是《聖經》「我來是叫人與父親生疏」、「愛兒女過於愛我的不配作我的門徒」（〈馬太福音〉一至三十五章）的精義。程石泉《論語讀訓解故》說：「今歐美夫妻不得互證，亦以夫妻一體，證辭不能作信，且喪夫婦之情感」云云，恐怕是一知半解的耳食之言，況且，「不能互證」是很可能因親私恩怨而妨礙司法公正，故不足信，並不是贊成「互相隱瞞」呢！（據該書扉頁：一九七二，程君為人文與東方學教授於美國賓州大學，也不知他講到此句，那些洋學生有無質疑，他又如何辯解了！）

「美」人安樂哲（Roger T. Ames），指出儒學的「家」為一切秩序根源。金良年說是孔子對「野蠻」的楚文化的抗拒，或者這也算是稍有新意的辯解吧。

巧計私心誰可免

現代考試，作弊的方法一定更加神奇了！以前由唐至清的科舉八股，有夾帶小鈔；魏晉南北朝門第世族，有假造宗譜。漢朝取士，用「鄉舉里選，孝廉方正」，一樣有人出古惑。

不要因陳水扁而說「人心不古」；古人的心，一樣蟲蟲惑惑——今日尚「專」，也有人造假文憑、假論文，何況抽象空泛的「紅」呢？難怪當今崇實黜虛，輕棄香港那批「一貫盲左」，世家子弟也（或者只是一時）靠邊站，一於用人唯才，「寂寞推銷員」、「雪糕佬之子」，都憑真才而上位。

不要又跑野馬而談今，還是據故事而說古。

「兄弟」一章，有個「欲成弟名，雖擇肥美而何咎」故事：

後漢有個許武，被選為孝廉，因為兩個弟弟還未出頭，就對他們說：

「兄弟分居，其實也是合禮的，來來來，我們三兄弟分家產！」

於是，好像如今座落山頂區、淺水灣等處的房子，都歸自己；其他地方、以至紅番區的，就歸兩個弟弟。家中壯健的奴僕，年青貌美的婢女，當然又是自己優先選用；老弱傷殘，性蠢顏陋的，就撥給弟弟。

長兄為父，兩名弟弟也就沒說甚麼——大概許多長兄都是如此——也就只好承受了。

左鄰右里，姨媽姑爹們當然七嘴八舌、議論紛紛。當了高官的大哥，人們不敢明裏說他如何；只是對無言忍讓的弟弟，大家都同情，並且同聲稱讚。

若干時日之後，兩位弟弟可能因此也選上孝廉了。大哥許武，於是召開親友大會。一邊哭，一邊講話，許武說：

「因為兩個弟弟還未顯達，所以我寧願負上佔便宜的惡名，讓人罵我，同情弟弟。如今他們也因此也選上了，我的家產也增值三倍有多，一切利益，現在完全撥歸他們名下，一分一毫我也不要！」

群眾的詫異、歡呼；弟弟們的感動，涕泣（特別是妯娌們的驚愕、啼哭）。聲音一直搖曳在近年新版的《故事瓊林》（又稱《成語考》）。

當初選拔許武的第五（姓）倫（名），說：

「私心嗎？我當然也有。姪兒病了，我一晚探他十次，回家可以安睡。兒子病了，沒有去看，卻整晚閉不上眼睛。」

愚忠愚孝怎生避

生物都會本能地繁殖，都會為下一代作出若干貢獻（不要說「犧牲」吧）；唯有人類，會自覺地感恩報本。中文字結構真有意思：「子負老為孝」——兒子把老子「負上」背肩，不是兒子「辜負」了老子。

不過，父母也是凡人，一切人性缺點，也在所難免。人是軟弱任性的：社會優容下一代，下一代就不忠不孝；社會尊禮上一代，上一代就濫權專制，造成愚孝愚忠——一部廿五史，例子多不勝舉。且看《聖經》：

「你們作兒女的，要在主裏聽從父母……

「你們作父親的，不要惹兒女的氣，只要照着主的教訓和警戒，養育他們。」（〈以弗所書〉六章一至四節）

「生身的父，都是暫隨己意管教我們，唯有萬靈的父，管教我們，是要我們得益處。」（〈希伯來書〉十二章十節）

「沒有權柄不是出於上帝的。」（〈羅馬書〉十三章一節）換言之：不出於上帝，不符合《聖經》教誨的，就不是真正的權柄。「順從神，不順從人，是應當的。」（〈傳道書〉五章二十九節）這就避免了愚忠愚孝，這也就是基督福音足以成全中華文化的一個地方。

至於《聖經》稱上帝為「我們在天上的父」，乃是用人間的語言、父親的概念，表彰那生命的給予者，公義與慈愛的結合者。上帝之所以為上帝，本來就遠遠超出了人間的性別觀念。事實上，母親式的孕育生養，慈愛溫柔，何嘗不也是出於獨一真神呢？

最後還有一點：中國傳統家族觀念特別強固，儒家又在這方面鼓勵助長，一方面固然加強了人的榮譽感和責任感，要揚名聲，顯父母，光於前，垂於後，一舉一動，積極則光大門楣，消極則小心謹慎，顧住「成籠神主牌」。不過，一人得道，則雞犬升天，一子受皇恩，全家食天祿，封妻蔭子；反之，一人犯罪，全家抄斬，甚至誅連三族、九族、十族！如此文化傳統，令許多人疏忽了「每個人要獨立、面對上帝」，「耶穌基督是每個人的救贖者」這個道理與訊息。所以，不要以為「一個人信耶穌，便他和他一家都必得救」；是「你和你一家」都「當信主耶穌」，然後「你和你一家都必得救」。

慈孝知行易與難

承邀在香港中區港福堂懇親午餐大會講話。其實，父慈子孝的大道理，大家都早已聽過甚至說過不少。以港福堂而言，近兩年香港人人知道而且敬重的好例子，黃仁龍律政司，從一位清貧好學生，孝順好兒子，長成為好父母，政府好官員，一位教會好弟兄，大家都時時見到。實例時時都比空論重要，何況舊調再彈，往往難出新意，變成門面說話。特別在中午時分，如果在座諸君早已在肚皮打底，就更容易飯氣攻心；如果大家等着或者正在進餐，我就是阻人維持生命，罪過罪過——即使寬容而口裏不出聲，胃裏也必咕咕聲抗議！

中國古人對於慈孝之道，在口頭上抗議的大概不多，在心腹中異議的就並非沒有。自稱聖人之後、幼年曾經表現過「讓梨」美德的孔融，就講過：父母對子女沒有恩德可言，只不過像東西放在瓶子，日久自然要拿出而已——這個論調令人懷疑他是否缺乏了親人之間的愛！《老子》說：「六親不和有孝慈。」意思說：物以罕為奇，子孝父慈之成為價值，就證明六親不和是常見的現象。孟子說「孩提之童無不知愛其雙親」，他這個話當然也是事實，不過依賴之期一過，有毛有翼，就情況大改。所以他同時也說：「父子之間不責善，責善則離，離則不祥莫大焉。」可見「老豆教仔」引起抗爭、彼此動氣，結果擴大代溝、導致分裂，在他那個時代已經司空見慣。所以他主張「易子而教」。同孟子人性觀點相反的荀子，就在〈性惡〉篇中明白指出：「妻子具而孝衰於親，爵祿盈而忠衰於君，嗜欲得而信衰於友。」確是常見事實。荀子也是儒家大師，不過重視的既是人性陰暗一面，教出最超卓兩個弟子，韓非與李斯，就都變成法家大人物。對父慈子孝那一套，全面輕視、絕無信心；至於欣賞韓非、信任李斯，成功地運用法家以強政勵治，盡滅六國，取代周朝的秦始皇，亦將崇法封建社會那一套「君父要臣子死，臣子不得不死」的倫理，加強推展，到他自己一死，太子扶蘇就因之被假傳聖旨而死，而整個王朝亦不久便亡。跟着的漢朝，號稱「以孝治天下」，所以選拔人才以「孝廉」為名，而皇帝謚號，位位加個「孝」字；不過，最英明強悍的漢武帝，就要同自己的太子兵戎相見，四百多年整個漢朝，不孝不慈的人物事例，也多不勝數！

慈孝之道古與今

漢朝號稱「以孝治天下」，希望「忠臣出於孝子之門」，維持王朝與社會的安定，結果善良的人變成愚忠愚孝，不良份子仍然不忠不孝，社會一樣衰亂，王朝一樣滅亡。「挾天子以令諸侯」的曹操，要用人唯才，網羅不仁不孝而有富國強兵之術者為自己所用，結果人倫道德更加不堪聞問——包括又再號稱「以孝治天下」的晉王朝司馬氏家族。到了曾經長期興盛，以至我們到今都被稱為「唐人」的唐朝，照樣大講父慈子孝，實際上從唐太宗玄武門之變開始，幾乎代代都以不慈不孝來交接最高權力，上行下效，情況也就可想而知了！世人對講父慈子孝的一套既然失去信心，嘲笑儒家、講一切都是相對、道德也是虛無的道家，以至講一切都是幻覺、人生應當無所執着的佛教，於是相繼大行其道，叫人不必入世，不必「睇實」而要「睇開」，甚至「睇化」。

當然，所謂「睇開」、「睇化」，都是開解煩惱而已，減輕痛苦而已，一時講講，甚至時時講講而已。人生在世一日，總有無數事情、不可不落實，無數現實、不能不面對，無數工作、不得不進行，所以「骨質疏鬆」了的儒家倫理仍然是中華文化主幹。進入中國社會影響最大的佛教，也比在印度時更多用輪迴報應來講孝敬父母，以贏取人心。到了現代，中國大陸政府在最初以為可以消滅宗教，取代儒家，跟着幾十年醜化打壓之後，才發覺得不償失。而且，一向標榜的意識形態，經過幾十年考驗，早已有嚴重的信心危機，國民道德風氣實在淪落得十分可怕，於是發覺維持社會還是要靠政府監管之下的各種傳統信仰。再一方面，古人所謂「倉廩實則知禮節，衣食足則知榮辱」，俗語所謂「發達則立品」，所以經濟起飛之後，講傳統倫理道德以至宗教者，又都活躍起來了！

儒學以家庭為倫理起點，以孝敬感恩的良心為一切善德的根源，當然很好；可惜更根本的問題，儒家沒有辦法講清楚。譬如說：良心從何而來呢？良心天生，天又是甚麼呢？天為甚麼對人如此厚待，賜他判別善惡，而且為善去惡的能力呢？人的良心，為甚麼又時時顯得軟弱，特別是人有了特殊的權力、地位與機會，都幾乎難免任性，必然腐敗呢？為甚麼所有人講的是「良心」，許多人做的卻是「涼心」呢？

慈孝的義與命

人天生有良心，所以有慈父孝子；人又容易有涼心，所以父不慈、子不孝。以主張性惡的荀子為師，發展出整套黑暗的帝王之學的韓非子，對人性真說得淋漓盡致：

「人為嬰兒也，父母養之簡，子長而怨；子盛壯成人，其供養薄，父母怒而誚之。子、父至親也，而或譙或怨者，皆挾相為而不周於為己也！」（〈外儲說左上〉）

韓非子的時代，當然只舉男人為例，慨歎「老豆養仔仔養仔」；現代女性抬頭，情況恐怕也大同小異：小女孩七歲，視媽媽為偶像。少女十七歲，覺得媽子嚕囌、厭煩又落後於時代。廿七歲，忙於自己的愛情婚姻，兒女，事業，甚至與母親幾乎陌路。到母親已老，百病叢生，正需要女兒照顧，那時卅七、四十七歲的女兒，卻又忙於照顧自己的女兒，而又被那十多廿歲的小女視為煩厭、嚕嘛，落後於時代了！孟子指出：父慈子孝，當然是出於人性，不過能否父慈子孝也有命運的因素存在。很簡單，人不一定有兒女，兒女不一定有孝心，有孝心的兒女又會「樹欲靜而風不息，子欲養而親不在」。儒家最古而地位最高的聖人帝堯，生了不肖子丹朱。第二號大聖人虞舜，高居二十四孝首席，卻有糊塗昏昧的爸爸，乖戾頑蠻的後母，和分分鐘想掠奪他的財產和兩位美麗嫂嫂的弟弟。純孝的南宋大詩人陸游，有個強悍而妒忌的媽媽，結果重演漢朝民間「孔雀東南飛」，預演現代粵語片「胡不歸逼媳離婚」。現實的際遇與關係，往往和理想的境界矛盾背離。一切道德教條，憤世嫉俗的人就嘲笑說「講都嘥氣」，身受其苦的人就哀歎「喊都無謂」！愚忠愚孝，不孝不慈，都令人世間有演之不完的大悲劇！大悲劇演之不完，因為中國傳統三大思想：道家佛家消極逃避，總之以虛無相對的道理，淡化問題，或以前世今生，因為報應的信仰，逃避現實。儒家對良心太過信任，對人性太過樂觀，正視現實而又解決不了現實問題，煩惱痛苦的人，遊戲人生或者遁入空門，唯有青磬紅魚，了此殘生。至於所謂業報輪迴那套機制如何建立，人類以外的其他生靈，怎樣講善惡是非？一切宇宙秩序又由誰主宰？諸如此類，又似乎經不起推究思考，直到二百年前，基督教第四度入華，新教第一次廣傳中國。

耶儒佛教孝不同

要講慈教孝，良心是不可靠、不夠用的。中文「孝」字是人背負着老人，有齣日本電影（《楢山節考》）記載古代風俗，兒子背恩負義，背負着老去無用的爹娘上山等死，直到其中有個媽媽不斷撒下樹葉，讓兒子單獨下山時不至迷路，那兒子忽然才良心發現。至於良心沒有發現，或者發現程度不足以改變個人以至民族的性格行為者，就所在多有了。

慈比孝又易講得多，畢竟所有動物都本能地會為下一代作若干犧牲，間中、偶然有些動物連不是自己那類的幼嬰，都肯用自己的乳汁養大，至於懂得顧念、回饋上一代，卻只有人類，而自覺地、心甘情願地反哺的，更只有比例不高的部分人類，並且要依靠教育、特別是宗教式的因果報應之說了。問題是：前世今生的果報之說，實在渺茫難憑；現世眼前的報應，又往往不準不確，甚至相反。至於死後地獄受苦之類恐嚇，現代人是更不容易相信了——連小學生都會想：人死了，沒有肉體，又何來有「餓鬼」的痛苦？沒有了神經系統，即使上刀山、落油鑊，又有甚麼感覺呢？如果說，不孝之人來生做豬做狗，那輪迴的機制、賞罰的標準，又是誰所最高決定，而交給所謂閻羅王去執行呢？況且，做牛做馬，又有甚麼道德可言呢？又怎能回升上去再做人類呢？如果不能還原，還叫甚麼「輪迴」呢？諸如此類，漏洞實在太多了！

於是我們不得不相信——中國人更是二百年來福音漸漸廣傳，然後普遍知道：只有上帝，才是真愛之源。所以《聖經》說：「基督因你們的信，住在你們心裏，叫你們的愛心，有根有基。」（〈以弗所書〉三章十七節）子孝父慈，那個心、那種力，來自上帝，也見證了上帝，所以《聖經》以慈孝為誡命（〈出埃及記〉二十章十二節）。

有人可能立即反對，說：孔子孟子，不是遠在耶穌之前嗎？——對，是在基督降生之前，不過神就是愛，而三一真神，成始成終，自有永有。

有人又可能說：甚麼正派的宗教，都是教人相愛而已，牟宗三先生不是說：「德福一致渾圓事，何勞上帝作主張」嗎？中國人自有孔子教導君君臣臣父父子子，何必西方的《聖經》——錯了。《聖經》是普世的，而且在教忠教孝之時，清清楚楚講明是「在主裏」，因此不會變成舊日中國常見的愚忠愚孝！

嘉名勖勉賀全完

（一）

離港回澳前夕，蒙中華基督教會全完中學之邀，作畢業頒獎典禮之賓，分享師生家長的喜慶，實在十分榮幸。

首先，恭喜他們整體有一個好名字。

俗語說：「唔怕生壞命，最怕改錯名。」怎樣算是「生壞命」？命之好壞，是誰所生？有沒有改善可能？這類問題，是哲學和宗教信仰範圍，並非一時之間在那個場合所能講清楚。至於整體的名字──即是學校的名稱，對這個名稱，我們一生會超過一千次寫上，超過一萬次提起，到老還會無數次想起。一個好的母校名字，是一個永遠的提醒、無窮的感召。想想現在這個名稱：

中華──四平八正、莊嚴美麗、無比親切的兩個字，錦繡的河山，悠長的歷史，燦爛的文化，喚醒我們認識本源，胸懷祖國。

基督教會——認識本源，最終就認識宇宙萬物的本源，創始成終的上帝，上帝使大家成為在中華文化孕育成長的人，上帝使每人成為特殊的生命個體。〈哥林多前書〉四章七節有段話，暮鼓晨鐘，真是當頭棒喝：

「使你與人不同的是誰呢？你有甚麼不是領受的呢？若是領受的，為何自誇，彷彿不是領受的呢？」

所以，幫助我們軼眾超群的種種優點，刺激我們反省努力的種種不足之處，磨練我們「動心忍性」的種種苦難，都看見上帝的美意，都應該感恩，不可自誇——「誇口的當指着主誇口」（〈哥林多後書〉十章十七節）；也不必怨懟——上帝並不使天色常藍，正提醒我們快樂、順境並非必然，人應該恆切祈求，應該不斷更新努力。〈彌迦書〉六章八節又有段極重要的話：

「世人哪！耶和華已指示你何為善，他向你所要的是甚麼呢？只要你行公義、好憐憫，存謙卑的心，與你的上帝同行。」

上帝給我們以追求良善的心，賦予我們共同遵奉的義理，並且對人有同情、有憐恤，更不誇耀自己，不以為靠自己就可以做一切事，知道無論順境、逆境，都有道成肉身的基督帶領，有這個共同信仰的人，組成了傳播福音的教會，大家的母校，就是由此興辦了。

這所中學，為甚麼叫「全完」呢？

(二)

因為位處荃灣，借用客家話諧音聯想而建立的教會中學，取了「全完」為號，真是一個好名字，帶給員生寶貴勉勵的好名字。

中國古代大儒荀子說：「全之盡之，然後學者」。「全之盡之」，就是切戒「不湯不水」。我們當然同時知道世事不能盡如人意，因此《中庸》說：「天地之大也，人猶有所憾」；不過，所謂「取法乎上，僅得乎中」，青年人春秋方盛，尤其貴有不斷向上的朝氣，特別是在基督教學府裏受育的，《聖經》所勉勵，叫人「無可指摘，誠實無偽，在這彎曲悖謬的世代，作上帝無瑕疵的兒女。」（〈腓立比書〉二章十四節）是一最高指標——當然，人是軟弱的，力量是不足的，所謂「無可指摘」、「無瑕疵」，就是已經盡了最大的，應盡的努力，如同書三章十三、十四節所說：「忘記背後，努力面前的，向着標竿直跑」，要得神在基督耶穌裏，從上面召我們而來的獎賞到肉體所謂「地上的帳棚」命定地要拆毀了，「外體雖然毀壞，內心」仍然「一天新似一天」，仍然可以「不喪膽」，仍然可以無愧地說：「那美好的仗我已經打過了，當跑的路我已經跑盡了；所信的道，我已經守住了。從此以後，有公義的冠冕為我存留。」（〈提摩太後書〉四章七節）希望讀書，工作於全完，以全完為光榮的人，到晚年能夠都認同使徒保羅著名的話，這就是真真正正的全完精神了。

奧運徑賽，跑的人都盡力追風奔電，榮獲金牌的卻只有一位，不過，所有盡了力的運動員，都應當接受祝賀，這次慚愧未曾好好鍛鍊，不過決心以後一定力謀改進的，也應當獲得勉勵。在一個學校畢業頒獎典禮中，身為嘉賓，懇切叮嚀的，也是這番話語，再一次提醒大家〈哥林多前書〉四章七節那段金句，不要忘記「使你與人不同的是誰呢？你有甚麼不是領受的呢？」天賦明顯過人，應當感謝恩賜而不可自誇。某些方面似乎不足，也就給我們以機會，認識在哪些方面須要加強努力，知道哪些方面是自己的限制。

——這也就是命運之主的恩賜了！《孟子》所說：「天將降大任於斯人也，必先勞其筋骨……」等等，不就是這個意思嗎？

馬騮能幹便夭亡

「沐猴而冠」（獼猴而戴上了人的帽子），原來對齊天大聖的族類而言，也不一定是好事。

權力慾原來其他動物也有。榮譽感、向上心，據《西遊記》所「啟示」的真理——以及現代科學家的實驗證明——原來高等到接近人類的猴子，也大大具有；雖則由此帶來的，也往往同樣是禍災。

澳洲 Westmead Hospital 資深醫學科學家 Dr. David Ho（原無中文姓名披露）二〇〇六年六月九日在香港理工大學澳洲員生會，以'How to cope with stress-Guideline for high achievers'（高成就人士如何應付壓力）為題，發表演講。

結論提議是：發揮潛能、均衡食物、適當運動、身心放鬆、正確呼吸、深度睡眠、豐富想像，等等，最後一點是宗教信仰。說得都具體深入，見多識廣的讀者一看上述副題，便會猜知所講內容，因為都合情合理，在此不必複述了。

值得引述的（可能許多高明人士早已知道，筆者慚愧淺陋，首次知聞，所以印象特深），是文中所講的實驗——「執行猴子」（executive monkey）。其實仿香港多年來政府精英榮銜：AO 代替 executive，可能更貼切，更動人更好。

話說在實驗中，科學家選擇了三十對猴子，每對用皮帶縛在一張椅上，定時用電流刺激。一通電，兩隻猴子所受的打擊力度相同，所不同者，每對的其中一隻猴子受過教導，隨時使用電源開關以避免電擊，牠稱為「執行的猴子」。

實驗一個半月之後，所有「執行猴子」都胃潰瘍死亡，而牠們的夥伴都活得好好——原因是：後者無礙無罣，逍遙自在；前者卻枕戈待旦，無法鬆弛。

又有科學家拿老鼠作實驗，同樣證明在高度緊張壓力之下者，生命縮短六分到五分之一，若在人類，便是短命十年以上了。（筆者一名舊生，奮鬥升至香港副核數署長，對本文極感興趣。本書出版前夕，他竟抑鬱自盡，震悼之至！）

古語說：「巧者拙之奴」、「人間歲月閒難得」。《莊子．秋水》篇：「仁人之所憂，任士之所勞，盡此矣！」真有道理——不過，人又不能沒有責任之心，怎辦？要兩全，請向山舉目，放下自己。

務實反虛怎救心

「六合之外，聖人存而不論；六合之內，聖人論而不議。」（《莊子．齊物論》）連最有形上興趣的道家，都有此名言，中國心靈，真是太過務實了！「不語怪、力、亂、神」的孔子，教訓高足「未知生，焉知死」，「未能事人，焉能事鬼」（《論語．先進》）。難怪宋儒早說：「儒門淡薄，收拾不住。」都逃到佛教去了！

佛道二教合流，匯成民間信仰，講報應輪迴，許多智者又認為這只是為鈍根愚民說法，真正明心見性者連修行漸悟也貶為「第二義」，而要講「立地成佛」、「當下自足」。不過，佛性既是「不生不滅，不來不去」，又只有「為人」的此生才有「權法」的道德可講，自然逼出「無善無惡心之體」這個富有禪味的陽明四句之教了。堅守儒家壁壘者，在古則借禪以拒佛，在今則假康德以抗基，所以牟宗三教授晚年《圓善論》收結之詩：

德福一致渾圓事，何勞上帝作主張？
我今重申最高善，稽首仲尼垂憲章！

也就是說：道德良知心性主宰一旦顯豁，就已經是人生之福，當下自足，佛家的輪迴報應，固不必談，上帝的監臨審判，也不必信了。

另一方面，隋唐大乘八宗並盛，宋以來只有本講自力的「禪」和兼講他力的「淨土」，二者趨於合一，於是此心明覺，淨土就在當前，所以「我心即佛」，「每個人的心就是自己的上帝」，這就是「新紀元時代」的當下自足，男士的哲理興趣一般大於女性，而且又滿足了「自尊」、「自義」的人性，難怪市場不小了。

對抽象的哲理市場沒興趣，自稱「務實」，全心全意在有數字可憑、有實物可據的財經商品市場打滾的人，特別是青壯時期的男士，又總以為金錢多進益、家人好衣食、身體有健康，才是實際；其他一切，多講無謂，怎知「在想不到的時候」（〈馬太福音〉二十四章）一切竟可以變成「都是虛空，都是捕風」。真是「拆毀有時，哀慟有時」。〈傳道書〉二、三章，甚麼人間的保險都預防和補償不了，甚麼高言大智的「放下自在」

「當下自足」都救濟不了，那才知道「若不是耶和華建造房屋，看守城池」，一切就枉然勞力，枉然警醒（〈詩篇〉一百二十七章一節）。所以，務實的人啊！「當趁耶和華可尋找的時候尋找他」（〈以賽亞書〉五十五章六節）！

身體語言顯內心

唉！又是這個角度。又是如此取鏡。

不是說那些下流娛記，用某幾種特定「觀點與角度」偷拍不大不小、半紅半黑的女藝員影星——大紅大紫、當勢當旺的，他（她）們大概不敢——然後輔以文字，極刻薄酸妒、憎人富貴厭人貧的那種；是說一般時事，訪問名人常拍一兩個鏡頭、特寫當事人雙手有甚麼下意識動作。

是的。身體語言，自覺或者不自覺暴露了內心的真正傾向。

傾向。一向不喜歡那張歷史性的受降圖片，中方代表的「傾向」。

二戰結束，太平洋戰爭元兇、侵華巨惡日本，一九四五年九月九日，在中國主要受降區南京，向中國簽字投降。地點在原黃埔路中央軍校，上午八時五十二分，座無虛席的大禮堂，四角射燈突然放亮，陸軍總司令何應欽走進會場。五分鐘後，日軍代表岡村寧次以下，一共七人，低頭魚貫而進。

（為甚麼不是日本侵略者先來恭候文明的現代，也不必「受縛跪下」——然後「受降者」才出現？）

岡村寧次看過了投降書，毛筆蘸墨簽了名字，然後拿出小方章，輕輕按在印泥上，再蓋於簽名之下——蓋歪了。

岡村肅立，頸部以上四十度左右略俯，二臂稍屈，雙手遞交降書，何應欽腎腰以上直到頭頂，都作三十度左右前傾，兩臂向前直伸，接受，由圖片看來，何氏的頭，比岡村矮了半個。

如果岡村雙目略為抬高，看來就是受降者而非投降者了！

「如果不是美國那兩枚原子彈，我就在受降，而你才是投降者！」

岡村的心一定如此想。後來，他不必作為戰犯處決，還受邀訓練國軍，對抗中共。就如蔣介石一般，早年在日本軍校受過教訓吧。何應欽對這些舊師傅、真敵人，是不是有點過分的畏敬呢？

立即跟着的是國共內戰，國府敗遁台灣，簽署曖曖昧昧的《舊金山和約》，然後依美賴日以自保於海峽之東，一切都像轉瞬之間，日本人繼續看華人不起。

自稱大學畢業前是日本人的岩里政男，也由衷看華人不起。他後來做了中華民國總統。上一位總統在生時，作為副手的他，高大的倭奴輝在較矮的蔣經國面前，從來彎腰俯首，椅子只坐一半。

06 歷史名人談奧運

讀中文 看世界

由龜蛋說起

請不要說：也是「海歸」一派。

母海龜竟會游泳數千里，到某個特定小島的沙灘隱處產卵。一隻隻小海龜孵化了，火柴盒大吧，破殼一出，便懂得獨立謀生，慌慌張張的快速爬向大海。

能到達大海的只有一部分。許多都被佇立在沙灘沿途上的水鳥啄食了，方生方死。呼吸世上空氣只有幾分鐘，沿途的掙扎只是奔向死亡。

有些還不立即死亡，在幾頭水鳥的喙端、爪下，拋來丟去，像南京大屠殺中，那些如禽如獸的日本兵——唉，其中一定有台灣人——拋向空中，插在刺刀上的中國嬰孩。

奔入大海了，也同樣不安全。一切都是命運。大魚吞了小龜，八爪魚懂得吸開海底玻璃瓶的瓶塞，觸手伸入去。然後，這一切又都吞入了巨鯊的嘴。

巨鯊圍攻大藍鯨，在日本海遇到漁船，最後又都化為罐頭。「天地不仁，以萬物為芻狗」——道家的老子慨歎。

食物鏈、弱肉強食，自然淘汰，老病傷殘的草食動物，變成巨貓大狼的點心。跑得快、警覺性高的優良因子就遺傳下去，長遠地看，宏闊地想，實在是生物演化的機制，無所謂殘忍不殘忍。科學家說。

這一切，一方面因為受命管理者——人類，自己犯了原罪，所以世界脫序；一方面，造物者的主意用心，也不是渺小的我們所能干預，所可了解。——傳道人說。

生命輪迴誰作主

清明時節。紛紛的雨暫時止住了，路上的行人，魂回過來了。遙指着杏花村的牧童，手放下了，就聽見了這樣一段問答：

「孩子，你為甚麼在這裏放牛？」

「讓牛長大嘛。」

「牛長大了呢？」

「賣了錢，蓋房子。」

「有了房子又做甚麼呢？」

「娶妻子。」

「然後呢？」

「生小子。」

「娃兒長大呢？」

「讓他來放牛。」

中國大陸有個十四歲少年，看了上述片斷，就想：我為甚麼辛苦啃書？要考大學，考上了又怎樣？再苦讀到畢業，畢業了呢？找工作。有份好工作又怎樣？找老婆。老婆娶了呢？生孩子。然後呢？讓孩子讀書，上大學。……

看得太透了，那高大英俊的「校級三好生」就自殺。

看完了記載上述兩段事情的那本《細說中國人》（香港三聯版）。當年沒有放牛、也不曾如此看透、這樣自殺的筆者，望着那才識卓越，卻不知何許人也的作者名字：「上官子木」。年齡大約小我二十歲吧，後生可畏。想當年教中學，捧着那本厚厚的「預科國文」教教小嘍囉，也曾自嘲自省：為甚麼教這些東西？養活自己，幫他們進大學。他們大學畢業呢？如果唸中文系的，就來教預科，拿着這本書，養活自己，栽培下一代……

野馬與獵豹，蒼鷹和狡兔……一代一代，也是如此。

天災人禍顯良心

「大海嘯慘絕人寰／他們失去了……／他們失去了……／但是，他們沒有失去我們……」好！星島海外業務部的捐款呼籲，家居附近的教會，西人的、華人的，也類似的字句，出現在主日崇拜的、派到住宅信箱的單張。真的是「四海一心」，愛我們的鄰舍。在今日地球村，人與人，國與國，都是鄰舍。

單在澳洲不折不扣的鄰舍——印尼阿齊省，就有十一萬以上的人遇難。何華德政府宣佈了前所未有的十億元援助，以及長期提供各種資源。理論還須行動，遠親不如近鄰好！

白人、歐裔、基督教的國家，與「異己者」的關係，終究有改善了的一面！南亞天災，罹難者廿餘萬人，舉世震悼，紛紛支援。六十多年前，泯盡天良、以希魔為首的德國納粹黨，屠殺了世界三分之一的猶太人——六百萬：等於整個香港的人口，這次海嘯死亡者的四十倍！

西歐強國原本很冷漠，事前還紛紛閉上猶太人逃難的入口，長期的排猶傳統，最不可解是梵帝岡當局的緘默。後來教宗若望廿三世卒之代表懺悔了，在他一九六三年六月死前不久：

「……我們長期以來蒙蔽了眼睛，看不到上帝子民的優美，我們額上，如今烙上了殺弟兄的該隱的印記。許多世紀以來，我們弟兄亞伯臥在血泊中，我們忘記了由神而來的愛。我們把基督再度釘死，我們不知道自己做甚麼……」

好一段話！印在雪梨猶太博物館特刊第五頁，慚愧移民多年，然後才知道、訪到、看到。

水牛與白蛇

豈有此理！這樣的信仰！這樣的邏輯！真「不可思議」！

偶然，很偶然，在港大附近的一所佛教書店，看到一位台灣高僧的高論。他，非常有名（不是推廣慈濟事業的證嚴法師），著作等身（不是發揚佛光聲華的星雲大師），在一本談禪說法的書裏，提及有個朝聖團，團中有位婦人忽然被水牛撞斷了腿。

婦人哭着誓願：「跛了、死了，也要繼續朝聖去！」

「如果你要死，死在台灣好了。」——高僧勸導她。「你很可能是前生欠了這頭水牛一筆債，這頭水牛前生是你債主，這次應該是要你的命，因為你在朝聖團，所以只撞斷了你的腿。你繼續參加，會拖累了整個團隊。你自己想想吧。」

想想。那婦人就聽話地留下了。

幾年前。「九一一」之後，澳洲布里斯本有另一位高僧，也是來自台灣的，談論這個驚世大慘劇，講了個明朝的故事。

話說明太祖洪武年間，方孝孺的父親要擴建祖屋，夢見有位白衣老人來為一族八百多口求情，請他留神放過，他不以為意，跟着掘地，發現好幾百條大大小小的白蛇，工人就把這些醜類全數鋤死。

到明太祖死，太孫惠帝稚弱，皇叔朱棣起兵奪位，是為「靖難之變」。即了位的明成祖，逼方孝孺寫詔書，借他的士林重望，收攝人心，孝孺不肯，頂撞惹火了暴君，於是抄斬十族，八百多人一日罹難。

那位高僧說：「看，這就解釋了慘劇。這就是報應。」

宋明理學家，痛斥有些人滿口慈悲，實在「冷腸」——對了，如果這樣解釋三世因緣，因果報應，那麼，人家已經不幸，有人還根據渺茫不可知，甚至羌無故實、生安白造的「理由」，說他活該如此，都是報應，不是撒鹽於傷口麼？不是冷腸冷血麼？

我們寧願相信：許多不幸，由於人類自己的愚昧，以至相累相害；而上帝容許不幸發生，乃在使人警醒，認識自己的軟弱愚昧，因此盡力補救、改過。

二〇〇七年四月上旬，荃灣佛寺拆建，塌下天花壓死工人。誦經超度之餘，希望沒有人再說是甚麼前生報應。

離苦與成人

若不撇開終是苦；
入如反顧即成人。

好！

不必是原先造字本意，不過，就形體而看，確可如此借以發揮。發揮一個中國傳統文化，尤其是佛道二家的高妙道理。

「若」字向左那一撇，一收回來直插下去，就成了「苦」字。苦，因為執着，因為不能撇開，雞毛蒜皮的小事，家事國事天下事，事事關心，事事煩心，樣樣認真都是煩惱，都是痛苦。

生、老、病、死，愛別離，怨憎會，求不得，五蘊熾盛……佛家說：「有漏皆苦」，最好是「放下，自在」。

說說容易。聽來高妙。講的人自己真能樣樣放下嗎？而且，甚麼都放下，豈不是人生也沒有了？

不放下，也得放下。話說放下，其實許多事情過不了自己那關，不能不守住那條底線。

真是苦呀！

千百年來徘徊掙扎在三教之間的無數古人呻吟，歎息。

於是現在我們有幸聽到又另外一個聲音：

應當一無掛慮，凡事藉着禱告，交給所仰望的造物司命之主，必然成就，超過人的所求所想。

換言之：不是一概毫不負責的「撇開」，是有為有守的交託，是倚仗一個至善至真的後盾，是取資一個無窮無盡的能源，所以雖苦而樂，終之不苦。

「入」和「人」，篆文不同，楷書真是相似。

相似，不是相同：因為上頭的方向相反。由「左傾」變為「右派」，「入」就成了「人」字了。

貴於回頭一想。顧，就是回頭。回頭一望那誘人的櫥窗，就進了裏邊成為「顧客」，「大行皇帝」要死了，回頭囑託高幹大臣以未了之事，謂之「顧命」。

進入，很容易知進而不知退，執着而不能出，所以要反顧。

不要動輒譏笑人家「開倒車」，不能「窄路掉頭」，別想考得駕駛執照。前面是「這陷阱、這陷阱，偏我遇上」，就要「回頭是岸」，「退一步海闊天空」。

多謝港大同事數學大師蕭文強教授，賜觀前年他的退休演講。初中之時，他已愛上了這副聯語。

給上帝的訂單

話說有個秀才死了，閻王問他來生志願，他賦詩一首：

良田十畝半湖水，四妾三妻和且美；
父作尚書子狀元，壽年過百健無死！

閻王一聽，幾乎噴飯，於是也和詩一首：

志願四般實在美，閻王聽見大歡喜；
世間有此便宜事，你做閻王我做你！

這個故事，許久以前講過！現在更改一下字句，以求平仄順適，配合秀才與閻王的

「學歷」，所以不算完全炒冷飯。

冷飯略炒，皆因日前讀了一段香港專欄，有位香山才子所說，代表了許多善良的高級知識份子的理想。

他說，如果真的有上帝，上帝應該功成不居，創造完了便讓地球上人類自行運作，自負盈虧，不必報答，人不必求神，罵神；神早就不勝其煩，所以相應不理。

他又說：上帝應該普愛萬物，而不偏私人類。（或者，上帝已經如此，所以用微生物、愛滋病、禽流感……等等，一再警告，人類再不省悟，繼續破壞自然、放縱私慾，大懲罰便來了，香山秀才也有類似的講法。）

上帝應該以整個宇宙為試點，地球上是其中之一。而且是相當失敗的一個，在許多其他星球上，應該有成功得多的產品云云。香山才子最後說。

虔信上帝的人，可能驚慄於「妄稱耶和華的名字」。不管如何，既然是上帝，就有祂的主權（〈出埃及記〉三十三章十九節），我要恩待憐憫誰，就恩待憐憫誰；卑微的受造之物，不必，也不能猜測，又誰敢交上「訂單」或「工作須知」，要祂如何如何呢？

加拿大道歉

向楓葉國整體的華人社區。袋鼠邦華人之一的筆者在下，二〇〇六年六月下旬剛好應邀來嘉理神學院授課而身在溫哥華，於是聽到電視上、看到報刊上，他們聯邦總理，基督徒嘉柏在國會的懇切發言。眼睛也不禁為之潤濕。

十九世紀末，加拿大建築從大西洋岸到太平洋邊的橫貫鐵路，好幾千里穿山越嶺，把全國紐連在一起，工程極之艱巨。萬千華工應募而至，為了菲薄的酬勞，流汗流血，甚至犧牲。大功甫成，白人恐怕影響自己福利，就接二連三地徵人頭稅，頒排華法。那時清末民初，中國亂弱，無力護僑，在加華人於是骨肉離散，痛苦萬分。如今世易時移，行政首長於是代表政府對華人表示愧悔。中間還用上了本文題目那五個字的廣東話，一時掌聲雷動，佳評潮湧。

「為選票而已！」許多人可能輕蔑地說。是的。民主國家，官員與議員的功名利祿都來自選民，不比君王時代只須取悅獨夫，這不是已經大大進步了嗎？如今，單只溫哥華或者多倫多，一市的華人已經各在五十萬左右，財力雄厚，那得不另眼相看？

澳洲總理陸克文（Kevin Rudd），上任之後，也立即代表政府，向原住民道歉。從前白人掌權者號稱帶對方進入文明，竟偷盜了土人的孩子到白人家庭去！

基督教的文化傳統當然不可抹煞。認罪、懺悔，是天經地義。不像強調「人本」「人文」而流於「面子至上」「官長本位」的地方，掌權者永不認錯，除非瀕於亡國，不會下罪己之詔，更不會為幾十年前，上一任政府的過失道歉。

甚麼時候，我們才聽到某些人，為侵華罪行、為慷國民人民之慨而不索償、為亂搞運動、為十年浩劫……等等，向中國人道歉？

我為甚麼不也可以

舊石器時代，大家都抓地上的碎石來互砸。有人的石，預先磨薄、磨尖，殺傷力特強，於是，「各人關切」。跟着紛紛學習。

新石器時代，大家都用石斧、石矛，有人懂得用籐條牛筋梆成強弓，削尖了的硬枝作利箭，於是成了「后羿」。

大家都有自己的箭王，有人造出了弩，射程更遠，射速更高，射力更猛，最重要的是，接連發射，又密又多，任你像武俠小說般吹牛，說舞劍像風車般護身，不兩秒鐘就成了刺猬。

然後，箭矢帶了毒藥，帶了火，於是，你有，他也有。

中國人先有火藥，歐洲人用之而為槍炮，先走一步，配合了也是中國人發明而用於風水的羅盤，於是新航路、新大陸，征服了世界。

白種人和偽白種人——日本——用先進的機槍、坦克、飛機、導彈，打兩次世界大戰，侵略中國；其他的人用淘汰下來的舊軍火，打內戰、打游擊。

許多人嘲笑，跟着，更多人鼓掌。有了「核子俱樂部」的會員證，連當初拚死逃到外國的人，入了籍，然後昂首挺胸，對一向就趾高氣揚的白人說「如今，我們祖國也勸朝鮮，不要像印度、巴基斯坦般製造原子彈」。

記得二〇〇七年一月中旬，中國發射彈道導彈，成功摧毀一枚在太空軌道上運行的、中國自己的氣象衛星。美國批評：此舉有悖民用太空領域合作精神。澳洲外交部也立即傳召（傳召二字是中文媒介所用，恐怕不大妥當）中國大使傅瑩到來解釋。如今，一切又不了了之，傅大使也回國升官了。

伊朗核武問題，又弄得美國頭大了。

根本問題是：新東西、新技術，有人有，就必人人想有。「你可以有，為甚麼我不可以有？」——最後上帝收拾。只有。

且將冷眼看螃蟹

偶然在加拿大華文基督教雜誌看到一則趣聞：

以下是美國海軍（美方）與加拿大紐芬蘭海岸守衛隊（加方），於一九九五年十月十日公佈的無線電通話紀錄。

美方：請你轉航向北方十五度，以避免碰撞。

加方：建議貴艦轉航向南方十五度，以避免碰撞。

美方：這裏是美國海軍指揮官通話！我再說，請你轉航。

加方：辦不到！我再說，請貴艦轉航。

美方：這是林肯號航空母艦，是美國海軍大西洋艦隊第二大的軍艦。本船隊有三艘驅逐艦、三艘巡洋艦及其他支援艦艇！我要求你向北方轉航十五度。否則我們就要展開必要行動，來保護本艦的安全！

加方：請便吧！這裏是燈塔。

趣聞不知是否屬實，如果真是燈塔，應該早說。「美人」艦上，也沒理由無此記錄、圖標。不過，自蘇聯崩解，中國大陸修正走資以來，美國驕傲自大日甚，也是有目共睹。「美人」立國，本在基督精神（所以徽璽上有 IN GOD WE TRUST 字樣）。不過近年疏離《聖經》教訓，有心人深以為憂。二〇〇一年「九一一」大慘劇，或者真是警告之一。

歷史名人談奧運

柏拉圖：二〇〇四的奧運，我國從競技到組織，都表現良好，拿破崙不能再說：他只佩服古代的希臘人了！

孟子：對呀。孔門六藝，禮樂射御書數，佔了三分之一是體育。華人近代才變成東亞病夫。如今好了！二〇〇八奧運也由華人首次主辦，而且辦得很好，金牌更是世界之冠呢！

豐臣秀吉：《左傳》說：「鄰之厚，君之薄也」，我們就是怕中國強盛。二〇〇四奧運，大陸超俄趕美，台灣勇摘二金，連香港也得佳獎。好在日本也名列第五，如果論人口比例和進步速度，我們是世界第一呢！

丘逢甲：宰相有權能割地，孤臣無力可回天，唉，可恨日本統治五十年，就培養出奸人輝的權術、口水扁的欺詐，也可列前茅了！不過二〇〇四年跆拳雙金，又有兩銀一銅，也不必講了幾十年楊傳廣紀政了！

華盛頓：地區人民要獨立，形勢一成，誰也沒辦法。北美十三州，如今不是變了接連多屆的金元王國兼金牌帝國嗎？二〇〇八金牌雖讓了中國，金銀銅合計，仍然是第一呀！

邱吉爾：我媽媽是美國人，所以我天才地創造 English-Speaking people 這個詞語，強調英美血濃於水。奧運也好，其他事情也好，美加澳紐都算歸「大英淵源國」那個系列，總佔了絕對優勢！

列寧：可恨蘇聯瓦解，如今俄羅斯也給中國超過了！鬥爭！鬥爭！我們還是要鬥下去！

希特拉：自從東西德合併，我們日耳曼光榮就黯淡了——咆哮吧！萊茵河的流水！雅利安種族萬歲！

袋鼠：我們澳洲歷史短，只好由我代表發言了。公元二千年奧運，我們主辦得人人讚好，賓至如歸，榮獲獎牌方面，本國人數只有二千萬，緊隨三個億人大國美中俄；如果以比例計，還是第一呢！還有：我們的中文有關報道，也做得絕不比主要的華人地區遜色呢！

何嘗天主妒英才

個人的疾患悲苦，導入了宗教信仰，偉人也不免如此。只是，偉人之所以為偉人，就在他念念不忘眾生、不忘國家、民族。楊小凱教授，便是如此。

楊教授是湖南高中生時，因為愛國而直言，被投於獄十年，受因傳福音而被囚者教導，英文、數理、經濟等學識大進。出獄後為大學講師，復得美國來訪者賞識鼓勵，而深造於普林斯頓大學，其後以博士而受聘澳洲 Monash 大學，迅速升為正教授，成就卓偉，經常被邀至美國、中國各高等學府演講經濟研究心得。受浸為基督徒。二〇〇四年盧溝橋抗戰紀念日，在墨爾本去世。

一則彼此無私交，二則不懂經濟學，筆者本來不配談楊教授。只是年前為「澳紐華人見證」第二集寫跋語，赫然發覺第一篇就是他的病後見證，非常感動，冒昧地寫了封短柬往上述蒙納殊大學，沒有回音，也不要緊了。八月七日，在香港《信報》的專欄撮要報告了他的信仰，因為那邊的讀者未必看到上述見證。

悉尼華文報章接二連三刊登了悼念他的文章，用得最多的成語是：「天妒英才」。許多篇都寫得懇摯充實，非常可觀，特別是，論述他生命最後歲月之中，從經濟學、社會科學探究基督教國家長治久安的根本。楊小凱教授的寶貴體驗是：

「如果你不在靈的基礎上想問題，一定要在唯物論的基礎上想問題，你永遠無法解釋這個東西。」

當年韋伯（Max Weber）教授的著名發現：基督教徒相信為主作工，不欺不怠；又知道世無義人，所以毋忘誡命：一切科學、民主、人權、法治、經濟繁榮、政治安定都由此而生。

是的，所以澳紐美加，是世界人士的移民樂土。

人都不免一死。上帝寵愛的人，賦之以聰明，賜之以鍛鍊，啟之以悟解，惠之以時機，這都是天眷之厚了。播種的是神，收取的也是神，神名是應當稱頌的。楊教授在天之靈，或者會勸他朋友：改動「天妒」那兩個字吧。

吾幼與人幼

「幼吾幼以及人之幼。」

——儒家聖人孟夫子說得好！可惜他沒有說明：愛心從何而來？而且，如果沒有「吾之幼」，這個愛怎樣推以及於「人之幼」？

孟子之後五百多年吧，有位鄧伯道，帶同老婆、兩個嬰兒，一個是自己的小孩，一個是兄弟的遺孤，走難，情況愈來愈壞，變得只能帶一個嬰孩，他就忍痛放棄自己那個，以為自己夫婦還年青，將來可以再生，不致無後。怎知後來就是不再有，當時人就說：「天道無知！使伯道無兒！」——上天是不是真的無知呢？伯道的愛心從何而來呢？

中國之外幾千里，印度有個故事：一個女人，死了嬰兒，就滿懷怨恨、妒忌，四處偷盜、搶掠，殺害人家的嬰兒，到了五百多個，心還是不平安，幸好最後被佛祖點化，歸回正果。

佛教說一切都出於心，心又從何而來呢？

那位點化眾生的覺悟者，既聲明自己不是神，不是創造者，那一切力量，又從何而至？

如今我們看到真人真事，和真的答案。交通意外、小產，從此不育，當事人不怨憤、不妒恨，化憐惜自己骨肉之心為憐惜眾生骨肉，以高深奇妙的專業修為，實現《禮記·禮運》所謂「幼有所長」的大同理想。墨爾本早產兒專家佘宇熙教授伉儷，好！古往今來幾多英雄豪傑，都無奈的看着自己「生兒不象賢」，唯有佘教授這對基督徒醫生夫婦，幫助千千百百早產嬰兒成長、成材；他們又將感恩之心化為力量，造福萬萬千千的其他人士，這也是一種威力無比的核子分裂，不過並非破壞，而是建設，這就是榮耀我主的愛！

希望中國大陸某些人，恢復一點人性與愛心，不再造假的、有毒的嬰兒奶粉！

-ILLS

本篇稿酬，應該一部分轉化為版權費，付予本文意念最重要那七個字的最初排列者。可惜，「只在此網中，雲深不知處」，「教我如何去找他」？何況，筆者早已「下崗」，而尚未學「上網」。

上網的是某天來講〈傳道書〉的牧師。他把所得的有趣講法告訴我們，包括「漏網之愚」（請不必客氣改為一定不能壽終正寢的「魚」）的筆者等人，現在不敢自秘（也無秘可自），一面查看字典以濟自己可憐的英語之窮，一面結合本身的經歷與記憶，鋪排此文，以博看官一笑。

最初不是一笑，而是一潑、一瀉、一翻……或者一「賴」了之——嬰兒初生爬行學步，舉動笨拙，無論飲奶、喝水、撒尿、以至「入不敬而出不恭」，隨意而為，肆無忌憚，總之，事事不能好好自理，弄得一塌糊塗，或因此而得撫養者加意愛憐，或為此而遭照顧者更多打罵。此之謂 spills。

然後，上學了，中英數。圖工音體。Phy-Chem-Bi，還有，最近又時髦起來的「通識教育」，再加上或被迫、或自選的：練球、練琴、練 Judo、練跳舞……總之無所不練，操練、操練、再操練。此之謂 drills。

於是情竇漸開，見異性而心劇跳；新工招聘，聞薪酬而意大動。紮職紅棍者，揮刀於開片之地；捧為紅星者，揚眉於拍片之場，總之，此之謂 thrills。

事業漸成，家室漸定；柴米油鹽，開支日多。信箱（或電腦）所得：真正親情友誼絕少，柔性（或油性）的招攬宣傳甚多；剛性（或惡性）的單據，更陸續有至，屢出不窮（或卒之搞到窮）；或誘以先使未來錢，或催交久欠之金，總之，都是 bills。

三十以前人欺病，四十以後病欺人。《禮記》云：「五十而始衰」。錢鍾書先生警句：「如期老至豈相寬」。近視變為老花，血壓、血糖，居高不下。膽固醇時低時高，心脈或塞或窄，胃酸或多或少。總之，都是 ills。

不能諱疾，不必忌醫，有病醫病，未病養命。舊日之膏丹丸散，現代之膠囊藥餅。總之，都是 pills。

最後，或慘被小人撕票，或誤飲大陸假酒（假蛋、假醋、假豉油、假粉絲……以至假奶粉），於是一命嗚呼，息勞歸主。主理後事者一問律師，一查未被香港某銀行魯莽丟棄打爛的保險箱，原來有（或冇）遺囑。此之謂 wills。

君子畏天命

二〇〇四年四月中。台灣大選之後。一天復一天，一週復一週，打開台灣新聞電視，都是悲憤靜坐、激昂抗議、警民衝突：領袖人物，或呼籲、或鼓勵、或安撫。

然後，漸漸又有綠營算是忍耐、節制之後的慶功。然後，又是陳水扁那泛着油光的面孔，微絲細眼，洋洋得意，嘴角泛着不知是對連宋抑或對愚民的似笑非笑、非嘲亦嘲……。

在愈聽愈討厭的「扁式台腔國語」——阿扁……阿扁……阿扁……聲中，筆者應「影音使團」之囑，寫了「昂胸與仰首」，說：

華人賀歲，互祝「萬事如意」；

台灣大選，戰情膠着、激烈拉鋸之際，雙方都呼叫「天佑台灣」，卻有人求神拜佛，希望「天從人願」；

歷代自覺生不逢時、懷才不遇之士，總不免詠歎：「天胡此醉」！

天是人的忠僕嗎？

天與人，究竟誰才是主宰？

是誰給我們「自求多福」的自覺與力量，以至限制？

倘若人人自行其是，而沒有一個共敬共畏、共信共遵的「天理」，又有何後果？

台灣《新新聞》週報發行人兼總主筆南方朔先生回應拙文，大意說：

台灣大選，「為達目的而不擇手段」早已成了選舉操作的核心，早已使台灣撕裂成了兩半。——當人不佑己，怎麼可能「天佑台灣」？……。

許多美國學者，在談到他們的民主傳統時，特別強調「對上帝知所敬畏的美國人」（God-fearing Americans），由於知所敬畏，十八世紀也是美國傑出政治家前後相望的時代。近年世界各國民主日益腐壞，許多學者都強調：「責任」的淡化，「善良」的消失，乃是主因……。

自由與民主如果不加上「責任」、「敬畏」、「自制」、「謙卑」、「善良」等價值，則自由與民主就會變得非常可疑⋯⋯。

南方朔先生因此認為：筆者所提出「敬畏」、「謙卑」的概念，對目前這個大家都把「自由」「民主」觀念極大化、絕對化，因而不擇手段已成常態的時代，的確值得警惕。

台灣基督徒特少（千分之四），中南部淫祀成風。連託名關公的《明聖經》也說：「巧計巧來禍因」，陳水扁之流狡猾政客，聽得入耳嗎？

二〇〇八年，台灣馬英九領導國民黨重新執政，大標「感恩」與「謙卑」，也可算實踐聖賢古訓：「天視自我民視，天聽自我民聽」了！

本書初版校對清樣之時，陳水扁扣銬就逮，天公還是有眼！

三問三答見真章

二〇〇四年四月初，香港有個大規模的「世紀龍門陣」，爭論信仰問題，帶出許多人心裏的疑惑。更因為陣中主將黃毓民、鄭經翰（號稱「大班」），十年來知名度奇高，近大半年更是大新聞不斷。於是，教會以「再戰龍門陣」為題，根據節目中鄭大班意見，提出幾個代表性的疑問：

第一：世事多不公平：惡人享福，善人受苦。如果有上帝，為何如此不公平？只說信者得救？

第二：所有宗教都勸人為善，講天理良心，有甚麼分別？

第三：何以基督教一定要人信耶穌才得救？

在下不才，奉命回答如下：

第一：世事的因果理路，複雜而長遠，人生有限，才智更有限，更加上必然難免的情感與立場問題，根本沒有辦法了解清楚，基督徒就是自知不足，所以仰望上帝。反之，如果諱疾忌醫，不信藥方，更不伸手求援，有甚麼辦法呢？況且，並不是自己口呼主啊主啊就是真信，有真信心，自然有相應的行為，如果不歸本於信心而單講行為，人就會驕傲而虛假了。這一切，上帝都會監察。

第二：高級宗教，都教人「諸惡莫作，眾善奉行」，問題是靠自己還是靠上帝？有神抑或無神？一神抑或多神？天理是誰所定？良心由何而至？如果有因果報應，又是誰在主持公道？

第三：如果虔誠宗奉某一信仰，自然有他選擇的理由。基督徒既認為只有信上帝最好，更希望與人分享這種福氣，佛教也說自己的道路，是「不二法門」呢！飛機降落，方向、角度、時間、速率都差錯不得，你能說他狹隘嗎？

如何居易樂天年

「不怕生壞命，最怕改錯名」，真有點道理。每個人一生，千百次寫起、億萬次想起自己的名字。名字是恆久的呼召。「君子居易以俟命」，「造化無違字樂天」，白居易（唉！請不要再粵讀為「白居亦」！）於是修心有道，養生有方，可以在「七十古來稀」之世，活了七十五歲，並且留下豐厚的文學遺產了。

現在只過了「耳順」幾年的筆者，不大夠資格現身說法講本文這個題目；不過，作為自勉共勉，並且好像過往兩篇一般，介紹一下白居易詩篇中的樂天長壽之方，也諒蒙讀者認可吧？

白居易曾為太子少傅，所以向來尊稱之為「白傅」。筆者嘗試總結白傅之言，為四句話語：

凡事達觀，老病不慄；

託心宗教，寄情藝術。

一、凡事達觀

「憂能傷人」，不只是成語，而且是事實。白傅四十之時，驚己之衰，羨同齡朋友之壯，「始知年與貌，衰盛隨憂樂」，於是看開、看化。

二、老病不慄

成住壞空，萬類必經；人生除非一生下來就死（甚至胎死母腹之中），否則老、病難免。怕不怕他，他也要來，「畏老老轉逼，憂病病彌縛」，心平氣和，少憂少懼，老也慢一些，病也少一些。

三、託心宗教

「怎樣看世界，怎樣看人生」就是宗教信仰，可以憑信知理，以理化情，使人平心靜氣。

四、寄情藝術

書畫音樂之類，以宇宙聲色之美，陶冶性靈，宣慰情感，生命因之而充實，以至延長，古今中外，例子太多了！

悉尼華人癌症互助組織「更生會」，邀筆者演講，謹以上述本題四點，奉獻大家參考。

恨與愛

物料增加，是等差級數（1、2、3、4……）；人口增加，是等比級數（2、4、8、16……）。英國經濟學家馬爾薩斯（Thomas Robert Malthus, 1766-1834）在《人口論》（*Essay on the Principle of Population*, 1798, 1803）早已這樣說。所以，百多年後，他的中國「本家」、北大馬寅初校長，加以響應，主張節育，怎知滿腦子農村舊思想，滿身猴氣與虎氣的主上，龍顏大怒：「人多好辦事！」群犬隨之紛紛狂狺，馬老耿介不屈。可惜中國人口還是從六億飛躍到一倍！

十多億人口！怎養？於是厲行「一孩政策」。於是都偏愛獨生男孩。於是從小三千寵愛在一身，變成家中小霸王。

有個小霸王盧剛，有點小聰明。出國唸物理博士，孤僻而驕傲，容不得半點別人勝過自己，覺得全世界都虧待自己。

偏偏又有人似乎甚麼都勝過自己：包括成績、人緣、以及榮獲那個自己垂涎已久的獎學金助教機會。

「是他們偏心！不公道！我要他們都死！」拿了一支當地易得的手槍，衝進科學大樓會議室，砰！砰！砰！砰！砰！……

一九九一年十月三十日，美國愛荷華大學副校長、教育心理學家安妮．姬麗莉，可能正在接見中國留學生，或者邀約他們週末到家作客。她生於上海，傳教士的父母，把她和三個弟弟都栽培作虔誠基督徒，而且都對中國人好感。誰都想不到：兩天之後，盧剛因為妒恨同是新科太空物理博士、同樣來自北京的山林華，獲取他也很想得到的「獎學金助教」之職，在會議室中突然拔槍射殺這位同學、兩位教授，又上樓轟斃系主任，然後直奔行政樓，令她與一位秘書，都成冤鬼！

弒師殺友的那頭狂獸，最後自我毀滅。血案震驚世界。小城的華人更加震恐：懼怕掀起仇恨、排華、報復。

安妮去世三天，她的三位弟弟聯名寫給盧剛家人一封信：

「我們剛經歷了突發的鉅痛：我們在姐姐一生最光輝的時候，失去了她，她有很大的影響力，受到每個識者的敬愛……當我們在悲傷與回憶中相聚時，也想到了你們一家人，並為你們祈禱……你們肯定也是十分悲痛與震驚。……安妮生前相信愛與寬恕，我們盼望你們和我們一起祈禱：……請你們明白：我們願與你們共同承受這悲傷，我們一起得到支持、安慰：安妮一定也希望我們如此……」

在安息禮拜和葬禮中，負疚感讓許多中國學生都來參加。在聖詩〈奇異恩典〉中，三兄弟努力與每個華人交談、握手，並且把安妮的遺產捐贈設立國際學生心理研究獎金。

其言也善

We recognize today, that many centuries of blindness have veiled our eyes, so that we no longer see the beauty of your chosen people and no longer recognize the features of our first-born brother. We know now that the mark of Cain is on our forehead. Over the course of centuries our brother Abel has lain in the blood we have spilled, and has wept tears which we have caused, because we forgot your love. Forgive us for the curse, which we unjustly placed on the name of the Jews. Forgive us, for crucifying you a second time. For we knew not what we were doing...

一九六三年六月三日，他就死了。去世前不久所寫的自懺告解如此說：禱文登載在悉尼猶太紀念館的場刊第五頁。他說：

「我們今天到底認識了，許多世紀以來的障蔽，使我們盲目，使我們看不見上帝選民的榮美，欣賞不到我們頭生弟兄的材質。我們現在知道了。殺弟兄的該隱的孽跡，烙印在我們的額上：世世代代，我們被殺的弟兄阿伯，臥在我們潑灑的血泊之中——為骨肉相殘而傷心痛哭，因為我們忘記了由天主而來的愛、天主啊，饒恕我們，我們一向對猶太人的咒詛詈罵：饒恕我們，我們把基督釘死了第二次。我們做的，我們當時不曉得……。」

他，教宗約望廿三世。原文情辭懇摯，華美優雅，筆者拙劣的意譯，不足以表其十一。

不過，優美又有甚麼用呢？不錯，都已經錯了。

自從征服當時世界的亞力山大大帝，努力推行着普世希臘化後，猶太人就因信仰與習俗特殊而「頑固」，飽受厭惡。基督福音信仰，自猶太教分裂而出，由非法走向合法，從被視為異端到被尊為國教，許多號稱基督徒也就由受害者變為害人者：誤解耶穌與保羅的話，以一時一地的指責。（他們不批評猶太同胞，難道責備羅馬人、甚至以波斯印度，為當前現實教材嗎？）

於是猶太人便因「棄絕真道」、「釘死基督」、「被神棄絕」等等天大罪名，被歧視、被憎恨、被醜化了！

在歐洲基督教世界，羅馬人與北方日耳曼蠻族迅速同化，猶太族裔卻是永遠的「化外之民」，在十字軍東征的路上，濺滿了猶太人之血。到納粹希魔瘋狂滅猶，羅馬教廷竟然閉口、袖手！

信仰貢疑一則

高僧印順導師（不稱「法師」，也不稱「大師」），真是學問極好。早在上世紀六十年代中期，聽勞思光教授講中國哲學，便已聞他屢屢提及大名。四十年後，在港大對下的佛哲書舍，整排整排是他的精裝著作，連書名自己也似懂非懂，敬佩之至！

那天拜讀導師一本小冊子，《生生不已之流》，他說：

「現生的苦痛與快樂，聰慧與愚癡、夭壽與長壽，這種千差萬別的眾生相，既沒有過去的差別因素，那就無法說明。如說這是神的意志，這是不能滿足人心的。而且苦痛多於快樂，墮落多於上升，神也不免太殘酷了！所以，唯有三世論的生命觀，才能圓滿而正確的，完成這一理念。」

說得好！這正是耶佛二教不可妥協，無法融通的基本分歧之處：「神本」與「人本」。說「所有宗教都不過導人為善。根本差不多」的先生，實在是太「差不多先生」了。

問題是：真理之所以為真理，就因為無論人心是否滿足，他都本來如此。譬如說：

「天地之大也，人猶有所憾」（《中庸》語），天地並不因為人心不能滿足，便沒有種種人以為憾的東西。佛家不是喜歡說「如實觀」嗎？教會小孩子也懂唱的聖詩：「神未曾應許，天色常藍」，這就是「如實」了。

佛家用三世因緣之說，解釋萬事萬象，而一切歸本於心識；但是，前生如何如何，人又怎知道呢？又怎證明呢？為了一時的「滿足人心」而作的假設，是不是能真正的、普遍的、永久的「滿足人心」呢？恐怕導師也心中有數罷？

世間許多痛苦，往往是人類的功課，藉此才可以堅強、上進、自我改善，孟子所謂「天將降大任於斯人也，必先苦其心志……」一段，正好是這種感悟之一。至於難以解釋，甚至一時難以心安的痛苦災難，人類也因此認識生命的局限，而知所謙卑。倘若一切歸咎自己想像、假設的前生，一切視為宿定，譬如暴君擅權，就說是他前生福報；好人受苦，就說他前生作孽，這才是「太殘酷」呢！

「人文」是有價值的，「人本」也不是沒有道理的，「人本主義」就太過了！人可以掌握自己的生老病死、壽夭窮通嗎？人可以做所謂宇宙無始無終大生命的總設計師嗎？無明一念，究竟從何而來？恨不能起導師於地下以教我！

層層深入

以何為善？
怎樣立身？
神啟彌迦告世人：
行公義，好憐憫，是非明辨又慈仁；
智慧不應驕，良心不可傲。
一切都因為有神！
文化有價值，人生有意義，
都因上帝與同行！
行公義，好憐憫，常存謙卑心。
追隨上帝與同行。
筆者所作上述曲詞，根據《聖經．舊約．彌迦書》六章八節，是二〇〇八年二三月間崇基神學院宗教文化週的主題曲。

人是七情六慾的動物，人也是有理智、有良心的萬物之靈，因此，「善」的自覺與追求，無論東海西洋，總是萬古恆有。問題在所謂「善良」，如何界定，以甚麼作標準。黑社會以本幫利益為義，差館應有之義，則是除暴安良，所以，最大多數人的最高利益，才是公義。不過，只知公義，或者自覺正義，而沒有「哀矜勿喜」、同情仁愛之心，人間就被清官（不是貪官）酷吏弄得苛殘冰冷。所以「行公義」之上，要「好憐憫」；法家之上，要有儒家。儒家認為一切出於良心，人以良心自豪，漸漸變成自大，自覺替天行道，甚至就是天公化身，又必然權力中毒，所以要「存謙卑的心」。至於在至高無上的天主與謙卑的人類中間，有道成肉身的救贖者，那就是人與上帝同行，這便是特殊的啟示了。

端午二帖

（一）

二〇〇八年端午，正逢禮拜主日，辱承悉尼北岸華人基督教會之邀，為道證說一番，以就教各方君子。

農曆太歲建寅，與「五」同音的「午」，正是第五個「陽」月，所以稱為「端（正）陽」或者「端午」，北半球此際炎熱，疫症易行，所以又稱為「惡毒之月」，驅魔辟邪，於是自古成為應節之舉。當然，最為人熟知莫如屈原投江與龍舟競渡了。

澳紐美加長大的華裔少年，一定覺得父母口中這個節日有關的一切「老土」。他們少不免嗤笑質疑：「為甚麼不搞革命？」「為甚麼不普選？」「屈原為甚麼不逃亡、移民」——而要自殺？

連暫時只懂吃東西的小孩也會詢問：魚蝦蟹吃了粽子之後，不會又吃屈原的屍體嗎？」「龍船休息了，大魚大鱷不又再出動嗎？」——最怕孩子長大了，又拾某些西人的唾餘，誇誇其談，說屈原的愚忠，是與楚懷王「斷背」（同性戀）呢！

我們可以深入思考的是：

第一：為甚麼有「五毒之月」，而並非「日日是好日」？（很簡單：主權在神；「天色常藍」並非神的應許，人當做的是趁白日做榮神益人的工。）

第二：為甚麼要辟邪避疫？怎樣消災解難？（靠「天賦」的能力、智慧，重要是不忘本源，知所感恩。）

第三：領袖崇拜與愚忠愚孝，怎樣可免？（「順從神不順從人，是應當的」；《聖經》早有明訓。）

至於屈原個人的抑鬱痛苦，楚國以至全人類的集體苦難，如何解釋？

（二）

「你姓屈嗎？」人生苦慘，莫如含冤受屈，司馬遷對愛國大詩人屈原的痛苦，實在感同身受。「信而見疑，忠而被謗，能無怨乎？屈原之作離騷，蓋自怨生也！」夾敘夾議的《史記·屈原傳》，所以是有血有肉的性情文章。而並非冰冷的事實記錄——當日使徒保羅，由打手幫兇一變而為衛道大將、基督精兵，所受的讒譏污蔑，肯定不比屈原少。「四面受敵，卻不被困住；心裏作難，卻不至失望；遭逼迫，卻不被丟棄：打倒了，卻不至死亡。」（〈哥林多後書〉四章八節）「雖然行過死蔭的幽谷，也不怕遭害」——何以故？因為「你與我同在」（〈詩篇〉二十三篇），「無論作甚麼，都要從心裏作，像是給主作的，不是給人作的。」（〈歌羅西書〉三章二十三節）此所以「寵辱皆忘」，不怕孤單受迫之苦。

最值得深思的，是端午所聯繫的屈原和他詩中所詢問的集體苦難：

「皇天之不純命兮！何百姓之震愆？」（〈哀郢〉）

二千二百八十年前，楚都被秦攻破，六十二歲的屈原雜在萬千扶老攜幼的百姓中流亡走難。萬千年間的無數次、特別是幾個星期來全世界電視上所見的四川這次，附上了若干「人禍」的特大天災，萬千百姓又一次無比痛苦，如果說「天譴」，長久以來早受當權者魚肉的升斗小民又有何辜？為甚麼人所受的「報應」，與人的道德、智慧、功業，全然不成因果比例？這是《聖經·舊約》中〈約伯記〉和〈哈巴谷書〉所顯示的個人苦難問題，更是以賽亞、耶利米、以西結等眾先知關乎國亡種滅的警告與哀歌。在危難中怎樣不失信仰？愛心與力量，懺悔與警醒、應許與安慰，怎樣宣示？現在更是稱職的傳道人玉振金聲的時刻了！

修心搭橋記（十六首）

一

昔年居港慣爬坡，馮婦重為翳喘多；
舊診屢言無大礙，今番警檢莫蹉跎！

近年在澳，藉向所信賴醫者轉介，兩診心窩憋悶，皆云無礙；或其時未至也。今歲回港大教學一期，蒙校醫安排專家細檢，乃知血管窄塞，久矣乎非一日矣！

二

燕京尤督港張君，良牧藝員猝死聞；
功業巍巍曾相國，一朝心悸別湘軍！

冠心病為今世工業社會頭號殺手。港督尤德、張議員、近日黃牧師，大陸相聲藝人侯某等，均五六十而猝死。晚清曾國藩，亦甫六十二而一朝大星遽殞。

三

罹疾何須怨早遲？遺傳因子豈吾知？
餘生塊肉原孤露，已謝天恩蔭多時。

此病多遺傳，故診者每問家族歷史，而憾不能答，亦所不知，蓋本孤兒，而親之早喪，亦或由此也。

四

謝酒憎煙寡美筵，寒門未早厭肥鮮；
當年倘亦膏粱子，耳順焉能六載前？

余幸蒙天眷，今六十六矣。槐聚先生猶云：「如期老至豈相寬」，余更當謝造物之主，此後年月，尤屬神恩也。

五

酸酯隨體務惺惺，舌底魂歸賴小瓶；
召緩徵和西乞術，長風六月返南溟。

既知心疾，乃須時攜硝酸甘油，備置舌底，幸尚未須以此應急耳。學期甫終，遽回南洲，覓西醫以治心矣。

六

能通彤管託微波，親友先驅笑慰多；
三徑誰憐皆窄狹，搭橋唯有渡銀河。

其始也，屢作檢驗準備，球囊通管（PTCA），俗所云「通波仔」也。三十年來，行者多矣。及以最精準之動脈穿刺造影檢驗，乃知血管三支皆窄，道阻且長，遂須蹊徑別闢，以搭橋（CABG）而通心術矣！

七

手足勤王真蓋臣，取來脈管作橋真；
腹心一體同憂樂，孟子當年論主民。

孟子謂君臣相得，如手足腹心；今心病而取足脈以濟之，即此道矣！

八

開胸鋸骨赤心呈，乳後肢邊截管莖；
複道行空橋塊立，縱橫左右甚分明。

搭橋，採下肢大隱靜脈、乳內動脈，以代心上之窄塞諸管而導血，如另建康衢以代舊路。施術之時，心肺均停運行，而以機器暫代。

九

骨分刀落果由衷，大將征南晉粵通；
情志漸回詩又詠，堪欽造化顯神工！

中央胸骨，須鋸開以利手術進行，然後重合。其間麻醉師密切配合，及神思既復，一切又似恆常。現代醫學之神奇，既彰人智，更證天恩；而胸前赤線常直矣。

十

鋸開胸骨又還原，幸搭心橋未斷魂；
骸廓他年蒙檢視，當時不詑有纏圈。

搭橋既畢，須重合胸廓，以鋼線繫之。X光從側透視，若戴環飾也。

十一

心肺暫停趁妙機，重回氣血術精微；
一迷笑我唯知睡，八識昏昏孰帶歸？

手術四小時餘，迷藥既行，一切無覺無知，不記不憶。平日所聞：佛氏言「八識」，而基教信一神，今身受而反思，饒有興味也。

十二

愛重恩深早感神，頻年證道往來身；
偶使旅途一病發，倉皇狼狽累多人！

十載以來，頻赴美加證道；去歲英華舊侶重聚，獨居多市高樓，且近月焉，蓋身心之危，往時不知也。香港半年，從容返澳而延醫受治，亦天恩矣！

十三

英乂劉生始識荊，灣田夫子氣寧清；
傾蓋一交身命託，急症他鄉戰地兵。

返澳蒙良友鍾醫生轉介心血專家劉君主診，又延 Dr. Bayfield，立即受術，並不猶豫；以此地醫療可賴，而唯神是信也。

十四

窗明几淨語溫和，精準分工照料多；
制度優良風氣潔，南洲幸託有謳歌。

北岸聖母醫院，治心之所也。

十五

常言日久見人心，蕭艾芝蘭變古今；

雲捲江流珍寶換，扶危持困聽神音。

冷暖皆出人情，其來有自，本無足怪；但所料大殊，則唯有自嘲知人之淺而已。

十六

往來病院協張羅，教友良朋恩義多；

賜柬贈湯禱問切，何嘗響鈸與鳴鑼！

承蒙教會牧者團契兄姊關懷協助，國學班文友同道存問代禱，永銘五中，感謝無既矣！

二〇〇七年八月

觀微知著

「對不起，先生——」響起英語。

猛然一驚，正在低頭望着機艙地板，雙手搓着腿膝的筆者，且看這位洋人意欲何為。

「那個廁所有空了。」他用手一指。

「哦。」一笑，釋然，「你請便罷。」

望着他的背影，忽然很有感慨。

教養、守法、依禮、尊重秩序，這就是國民素質。

澳航機上，此際還是西人居多。有朝一日，會不會見隙插針，倖取為樂之風，也污染了這個高度文明的社會？

* * *

回家，看幾天前的舊報，讀到葉特生（如今是牧師了？）的「生命特寫」專欄〈大國之風〉，記述了一件十二年前的實事。

華籍青年留學法國，發現車站一切自律自助，隨機抽查也極少，他計算到：逃票被查到的機率萬分之三，於是，他經常逃票上車，窮學生嘛，省點錢，不算犯罪。

（筆者加一句：而且，想起馮子材，就當自己是黑旗軍好了。）

四年過去了，名牌大學畢業，成績極優，他頻頻出入巴黎一些亞太市場跨國公司大門，推銷自己。

意外地，一次又一次，都先順後逆，統統被拒。

忍不住，求見經理，投訴：「一定是種族歧視！」

「你就是我們要找的人才，不過，我們追查了你的信用紀錄，你有三次逃票被罰。」

「就為了這點小事？」

「第一次是你來法之後第一個星期，當你是不熟悉規則，原諒。不過你以後還是如此，一定好幾百次如此了。這證明你不尊重規則，不值得信任。準確地說：這個歐盟區，都沒有公司會僱用你！」

粵諺：「一次不忠，百次不用。」原來洋人地區，電腦時代，也是如此。

* * *

《聖經》說：人（起碼）在小事上忠心，（然後）在大事上也忠心。Honesty is the Best Policy。孔子說：「居處恭，執事敬，與人忠，雖之夷狄，不可棄也。」是不是真的大國崛起，且看國民教育，國民素質！

天國寄舊師

敬愛的李榮基老師；

在天父懷裏，您一定安好。所以，首先，不問安、不問好、而是先說：大家都很思念您！

差不多六十年了！從初中一、二的風聞、敬畏、遙望，到中三開學，進入您做班主任的課室，到一年之後，滿懷敬愛感激，離開學校，忽然又超過半個世紀了！宇宙間，只有天主不變，世上必然「人事有代謝，往來成古今」。多虧熱心學習等人時時聯絡，趁老師退休居美、返港省親之便，相約大家茗聚，喜樂無比。可惜學生自己也遠徙澳洲，不常回港，重坐春風的機會與回憶，就更加珍貴了！

此刻，學生在悉尼執筆，不久匆匆過港開會，在不由自主的時間安排中，能否如願參加聖約翰教堂追思，現在還未可知——可知的是您在天之靈一定聽到我們的心聲，而追思之會過後，大家仍然懷念您！同在主內的，將來更一定在天國重聚！

半世紀了。老師與我們的年齡差距不變，彼此的心靈，卻由遠而近——雖則居處之地，由近而遠——

當年，我們同在港島岸邊，六國飯店之旁，四層屋宇走馬騎樓最高側那個班房，聆聽老師清晰、洪亮、堅定的聲音，明白、扼要、深入淺出的講解。老師的課本都在心中、腦裏。一條棉繩拉作半徑，一把木尺，一枝粉筆飛動在黑板。我們完成了一節又一節物理、三角、幾何。一手秀雅雄健的毛筆楷書，一段段中肯的、勉慰的、激勵的眉批、總評，老師閱覽了、共鳴了我們繳交的週記。

堂上的課業是科學，科學展現了宇宙秩序，榮耀了造物靈奇。口頭與書面的溝通是語文，語文顯示了情思起伏，表彰了教化差異。老師與學生後來都歸在主名之下羊圈之內，實在是上帝的恩典。不過，當年二戰甫息，世難方殷，孤島僑校，處境更是危疑震撼：老師，在三十出頭，風華正茂：「家事、國事、天下事，事事關心」，卻也事事煩心，這種種考驗，又怎麼是年甫十三四歲的稚童所能理解、所可體會呢？到蒙昧稍開之時，彼此卻又浮萍漂遠了。

老師日後到汶萊（還記得那幀老師騎着單車的照片）、回青中、移民美國；學生畢業崇基、任教英華、港大，南徙澳洲，彼此處身之地，愈隔愈遠，不過，彼此的心理年齡、對世態人情的所見所感，卻是愈來愈接近了。近年學生每有刊著，必定呈寄老師——就像當年繳交週記吧，老師也不吝獎勉，說喜歡在暇中瀏覽，實在令學生感激、奮勵！只可惜：海天遙隔，不能夠多親謦欬；而遷居太多，一度珍藏的當年週記本子也不知何往，連老師的寶貴墨跡，也只長在腦海之中了！

記得學生大專畢業之年，老師已在青中，同事有好幾位，都是學生由初中轉校高中後的好老師。當時曾有幻想：如果能到青中任職，親炙舊師，再度日夕追隨，真是最好不過！或者自己會早一點歸回羊圈，也未可知呢！當然，上帝總有祂的計劃與時間，我們一切感恩好了！

老師安息了，哲嗣、舊生，安排聖堂追思一切都是神的恩典！忝為舊生一員，謹綴蕪辭以獻心聲，願老師悅納！

追思艾禮士校長

其一——刊於追思會紀念冊

艾禮士校長主懷安息
禮習英華　校政八年弘聖學
士懷忠義　人心長繫證神恩

愉快的十載英華，是自己教學事業一個感恩的開端。其間一生銘記的九年同事，是做了八年校長、至今半世紀交誼的艾禮士先生。

艾先生（Terence Iles, 1945-2013）在菲島安然長睡於早餐之後（二〇一三年六月二十四日），消息當天就由雪梨的英華舊侶翁光明醫生接到同班鄧惠忠兄香港電郵而受囑轉告。差不多八十高齡了，平安地這樣被主接去，大家不免惋惜、傷悼之際，自然也要為他而感謝神恩。

有開始，就有終結。世間事物都如此。生命的歷程更無例外。一個人生前與身後得到感激與懷念愈多、愈大、愈廣，愈可以說：他雖然睡了，實在也繼續活下去，同時也進入了歷史。

艾先生教的最初也是歷史，也是一九六三年開始。一口抑揚頓挫、疾徐有致的標準英語，親切生動的演講教學，年富力強、翩翩風度，任職一年，就被榮休在即的紐實璐校長（Mr. Herbert Noble）薦舉為繼任者。活力充沛的他，接棒之後，就勵精圖治，事必躬親而又知人善任地投入英華生活的每一個環節。歷史、英語、演講、朗誦、辯論……固然是他的個人強項；作為校政領袖，他在盡量「保舊」的原則下慎僱新的良師，他增添和強化各種學生自治組織，豐富了校內校外各方面的課外活動。平時的教練、督導，臨場的鼓勵、參與，榮辱與共、鉅細弗遺，沒有一處沒有他的身影。於是，匯聚了眾志、振奮了人心、躍升了成績、弘揚了校譽，令大家更挺起胸膛，提升了集體的自信。當年他創始的呼號（Ying Wa Cry）至今仍然適時而自發地、在「英華人」的集會中響起。

六七十年代的香港男英華愈來愈多人以校為榮、以校為家了。一九七二年，年華方盛、還未到四十歲的艾校長，就在夏秋之間離職，到另一所中學、到電視台報告新聞。不久更離開香港，長住馬尼拉。有些感恩念舊的學生，常常邀請他重聚。到新世紀了，我們這位舊校長才再在英華禮堂展現風采。自然大家都兩鬢如霜了，他仍然是那麼活力充盈，詞華出眾。多年來，當日的英華傳奇，令無數未及承教的學子聞風追慕，曾經化澤甘霖者更津津樂道、深自慶慰。與他聯絡較多的舊生，事業紛紛有成，更對遠棲菲島舊校長的生活起居關懷備至，如叔如兄——而且是親密投契的叔伯弟兄。試問：如果不是所謂「人心搏人心」，不是所謂「公道自在人心」，怎能有此？

當年英華學生的淳樸、念舊，我這個不配和慚愧的舊教師也是一個受惠者。二〇〇六年，一班慶祝畢業四十年重聚的英華人會於楓國多城，在大瀑布之下，艾校長和我們歡然執手。兩年前，英華舊侶邀我回港七十慶生，艾校長故意突然現身、奉觴互祝。帶來的驚喜，至今仍然感激！

感激當然不自此始。一九六五年，他鼓勵我帶職回到變成中大的崇基，補修早就應有而遲來的學位。明年，委為中文科主任；兩年後，英華一百五十週年（一九六八年），在包括我自己的許多人意料之外，選我為容啟賢副校長榮休的繼任者。

當年我還未受浸，與有關方面更談不上有甚麼淵源，教的又是在香港以至在華人自己社群裏也備受冷待的中文，只因入職以來，和學生共同勉力，成績總算不落人後。到此猥蒙拔擢，給予進一步服務的機會，特別是趁此更加可以宏揚國學、以至更加落實當年馬禮遜牧師中英兼重的崇高理念，於是也就同意就職。當然，如果我是會為謀升職而漏夜受洗、連上帝也想混騙的那種人，英明的艾校長也不會拉在身邊吧？不過，從校董會聘函裏有些比較特別的語調遣詞，我就明顯地感覺到——後來許多事情也進一步證實——當時艾禮士校長的好意，頂着的阻力、壓力，一定不小。此後幾年，我們的公開試中文科繼續卓越，我們有中樂隊、社際中文十項比賽、用中文溝通的家長教師會、中文佔了近半的校刊、有了專教國語（普通話）的同事……等等。作為那些日子一位在港英裔年青校長，那放手讓我們作份內努力的胸襟見識也就很可佩了！至於此後，英華和我個人的發展，在此也不必多贅了。

英華學生那幾年進德修學和畢業之後的社會服務成就，並沒有辜負艾禮士校長的期望與努力。至於許多及門弟子對他的關懷顧念，相信更令離校四十多年的他，體會到中華文化人情味的溫馨豐厚。現在身後事的奔走、遺願神學教育基金的籌設、以至學校禮堂的安息禮拜等等，相信此刻安息在上主之懷的他，一定喜慰。

或者有人「恨鐵不成鋼」地惋惜、或者「求士求全」地慨歎：如果他也學懂中文、如果他中年以後長住香江、如果他服務英華不是九年、而是十九、廿九……英華又會如何？他自己是否又更能快樂？

假設性的問題無可避免，也無可答覆。真實的答案，只有上主能夠裁決、知曉。中國古人自我檢討說：「行年五十，而知四十九年之非」；到了知命、耳順之年，只要自省而不自欺，我們誰敢說沒有一些汗顏的往事？金無足赤、世無完人，連更古的中國霸主也說：「不以一眚掩大德」，在基督光輝照示之下，有誰肆無忌憚地擲出第一顆石子？何況，追思、傷逝的時空，並不是爭論得失功過的學術議場，對剛剛長往而遺愛在人的故舊，更不必用到《公羊》、《穀梁》所謂「一字褒貶」的春秋筆法。十五年前，在與艾校長同席的英華一百八十週年慶典台上，我就表達過類似的意思。翻翻舊校刊就可重看。我們又怎可奢望：英華這麼容易就有多一位馬禮遜牧師？即使這位傳教偉人，能息勞在那場不幸的戰爭之前，不也已經是上帝的憐憫了嗎？作為基督徒，我們只有堅信和順服上帝：神的安排或者允許事情的發生，自有祂的美旨。我們大家更明白：即使連體嬰，每個人的靈魂都由上主獨遣而來，在各人身上實現神的計劃。即使兒孫滿堂，子女的賢與不肖固然不隨人意；靈魂歸去也是個別地覲神之面。在主裏，無所謂孤獨；沒有世俗的所謂家室，離去之時也就少了一些牽掛。臨終送別的、心上掛繫的人，不一定就要是肉體的血親。只有認主歸主，才是極樂真禮。《聖經》說：

「一粒麥子，不落在地裏死了，仍舊是一粒；若是死了，就結出許多子粒來。」

（〈約翰福音〉十二章二十四節）

敬愛的艾禮士校長：懷念、感激你的英華舊侶遍天下；你所念念不忘的英華接棒有人，你所持守的信仰，有了為紀念你而設的神學教育基金，在上主恩佑之下，一定如你所願，榮神益人，傳福音到地極去。艾禮士先生，願你安息。

其二——講於追思禮拜

一、懷英華，念舊誼

感謝上帝：五十年前給我第一份職業，而且是至今唯一的中學教書工作，便在英華。只做了愉快的十年，隨之便有至今四十多載的友好關係。為此，我感念一班淳厚念舊的校友，特別感念當日那位做了八年的校長。這位校長，已經離開英華四十一年，剛剛離開世界半個多月。今晚（二〇一三年七月十二日），為追思這位校長而舉辦這個禮拜聚會，委派我講道。「講道」我實在不配，「講」述與稱「道」，就情不自禁，義不容辭——講述這位舊校長對學校、對教育的貢獻，稱道他對事、對人，令大家感動的地方。他令學校奮翅騰飛，他使師生振作努力，他衷誠盡力，主動幫助過許多學生解厄脫困，甚至改變了、優化了一生。自然，最後我們應當稱頌真神，歸榮耀於令上述一切成為可能的上主。

艾禮士校長青年離開祖家英國，做過幾年教育、金融和傳道工作，來到英華，在所有人——特別是超卓者——所難免的恩恩怨怨、毀毀譽譽中，奮鬥了差不多十年，然後遠去菲律賓，最近，似乎是很孤單、很冷落地逝去。他，帶着凡人的限制和福音的信念，帶着基督精兵的堅毅勇敢，幾十年來，爭戰於應打的仗，奔跑於應走的路，此刻安息。

二、教師的層次

安息了的基督徒，歸於真神，接受榮耀的冠冕。不過，以前有長長的日子，在英華校園幾乎看不到有關艾禮士校長的文字、數字或者圖片。最近幾年，大家才再在禮堂見識了他恍如昨日的風采與詞令。個半月，在互聯網上，所有人都可以看到一篇又一篇真情洋溢的、感激景仰的，哀傷惋惜的紀念文字，悼念這位好門徒、好朋友、好教師。

作為教師，正如其他專業，從平凡到卓越，有好幾個層次：

最起碼的：選編教材，清晰明白——這些，現在早已由智能手機、平板電腦代替。

高一級的：能言善道，現身說法——這點，幾十年前，已經是電視藝員的基本功。

更高級的：給學生打造鎖匙，開啟學問的寶庫。

非常高級的：有榜樣、有見地、有主張，更有熱誠、有魅力，像大磁石般凝聚人心，像發電機般產生動力，可以帶動潮流，造成風氣。

同樣最難得的，是對個別以至集體的徒眾門生，指導、協助解決其困難，激發其自信、自尊，點着了他追求卓越的生命之火——這些火，使人不甘下墜，不只務求豐衣足食，並且顯揚名聲，榮耀家國；更進一步，己欲立而立人，己欲達而達人，協助萬萬千千的他人，充分發揮潛能，達到社會心理學名家 Abraham Maslow 那個著名的多層金字塔的最高境界。這樣的經師人師，任何地方，都可貴難得。

三、鴻毛與泰山

我們不論從多年來的所見所聞，抑或最近從網上文章、從當事人口中，知道了我們舊校長艾禮士先生，怎樣給畏怯自卑者以鼓舞激勵，給困厄貧窮者以慷慨支援；怎樣慧眼識人，怎樣披荊斬棘，拔擢英才。於是幾十年來以至今日，敦厚念舊的英華子弟，也紛紛自動自發給老校長以回報——親切的關懷、誠懇的悼念、為後事而奔走努力，為成全遺願而籌設神學基金……等等——能被舊學生如此長久愛戴，全城恐怕也沒有多少個吧！

作為舊同事、舊下屬、舊朋友，我自己本來就要、更榮幸地受囑咐、寫一篇已經登載在今晚場刊的文章。鄭鈞傑校長告訴我，正如大家現在看到：大會選用的經句，與拙文不謀而合，都是〈約翰福音〉十二章二十四節。現在既然再承大會吩咐證道，就讓我們以這章節為中心，深入思考。

主耶穌借麥子比喻，預示道成肉身的祂，為世人贖罪受死。中國古人說：「死有輕於鴻毛，有重於泰山。」一粒麥子落在地上，破殼似乎是死了，其實萌芽茁長，最後枝繁葉茂，又結出了無數麥子，代代傳播，福音就是這樣廣臨到整個世界。艾禮士校長差不多八十年的一生，就見證了其中一粒蒙主使用的麥子，所體現的真理。

麥子、以至萬物之靈的人類，以至混雜着有機物無機物的泥土，都有成住壞空、生老病死，只有獨一神，如《聖經》宣示說，是 Alpha 也是 Omega，是一切的歸宿，也是一切的開始。所以，最根本的紀念始終，是崇敬順服創始成終的上帝。所以，今晚我們是「追思禮拜」，而不只是「追思」。

四、苦與不苦

香港人熟悉的一副「疑似」對聯——跑馬地天主教墳場的正門石刻：「今夕吾軀歸

故土，他朝君體也相同」——不只後三字全不對偶，整句話也只有歎息、悲哀甚至詛咒，完全沒有基督福音的訊息，遠勝於此的，是基督教墳場大門的另一副作品：

天詔頒來咸返其本——靈魂歸去長依厥親

上帝的詔令頒臨，靈歸於靈、土歸於土，一切眾生絕無例外，只有因信稱義的靈魂，得返天家，永遠有父神為依靠。所以，我們知道：大家敬愛懷念的老校長，從此不再是軀體上的飄泊異鄉，從此不再是家庭上的無侶無伴，真真正正的息勞，因為所歸有主。

中國書聖王羲之的名作《蘭亭序》說得精確而又沉痛：「修短隨化，終期於盡」——無論甚麼才子佳人，不管怎樣英雄豪傑，生、老、病、死，無一倖免；其間又必然經歷種種痛苦：親愛的要別離、怨憎的反而相會，所求不得順遂，萬事永難如意。所以佛家從此切入，吸引了萬千心靈，變成舊日中國最多人的信仰，今天也列席世界三大宗教之中。不過，其實問題都出在以自己之心為本，而不知道「投靠耶和華，強似倚賴人」。這個剛好在於《和合本聖經》中央位置的（〈詩篇〉一百一十八篇八節）、也正是福音中心的金句。反之，若果知道「敬畏耶和華是智慧的開端」（〈箴言〉九章十節），「賞賜的是耶和華，收取的也是耶和華，耶和華的名是應當稱頌的」（〈約伯記〉一章二十一節）。面對生老病死，才可以安然順服。至於所謂「愛別離」，只要大家都同在「主內」，將來在天家的自必再見。所謂「怨憎會」，〈歌羅西書〉三章十三節：「主怎樣饒恕了你們，你們也要怎樣饒恕人。」跟從這個教訓，彼此的怒氣也當消滅。如果其會已散，其人已逝，就更應苦解冤除了！

五、求不得

人間恨毒，許多是因為此方「有所求」，而彼方「少所予」，甚至「無所予」，這又即是所謂「求不得」的苦之一種，廣義來說，也就包括了所有的苦了。（加插一句：有些名相豐富的教義，似乎引人入勝，其實疊床架屋、繁複瑣碎，徒然誘人誇誇其談，導人驕傲罷了！）

有願難酬，難免惆悵甚至痛苦，所以新年祝頌，大家都說「心想事成」、「萬事如意」，其實，從福音信仰的角度，還是某個、定解釋的「萬事勝意」好——上帝的意念，非同人的意念；神的道路，高過人的道路（〈以賽亞書〉五十五章八至九節）。認識此理，我們就不敢妄求，不會以自己的期望與時間，代替神的計劃。這樣，才可以得力於「平靜安穩」，得救於「歸回安息」（同上，三十章十五節）。

上述道理，艾禮士先生幼年、童年、少年在英國，一定聽過而且信仰。青年以後，到東非、來香港；三十歲以後那八年，在英華當校長——回想當年我們常常在早會聽他教聖詩、解《聖經》，一貫的熱情、投入、生動；上述種種道理，彼此都更清楚明白。我們可以想像：他以後離開香港，長居菲島，四十年來，心情的平復、孤寂的解除、愁苦的安慰，靠的就是神的話語。多年前在信中，他就告訴過我：再攻讀神學、做傳道人。現是按他遺願，設立神學基金，也是希望英華的後起之秀，能夠步武前賢馬禮遜、米憐、理雅各等等牧師之後，篤信善行，繼續把福音傳揚開去。於是世人可以真正看開、看破種種煩惱痛苦，得到在主裏的喜樂幸福。

六、不孤不苦

在人間，艾禮士校長孤身終老異鄉；不過，有耶穌為恩友，有父神為領導，應該無所謂真正的孤苦。〈馬可福音〉三章三十三至三十五節，耶穌說：「誰是我的母親？誰是我的弟兄？凡遵行神旨意的人，就是我的弟兄姊妹和母親了。」——且看現實人生：金碧輝煌的婚禮過後，又有幾多佳偶能到白頭？且看中外王朝：「得相能開國，生兒不象賢。」又有哪位豪傑英雄，能免這悲哀遺憾？一個人，只要心靈有所寄託；人與人，只要彼此心靈能夠契通，那麼，英美澳加與菲島雖然相隔萬里，真可以「天涯若比鄰」；馬尼拉與香港沒有時差，以今時資訊交通之便，每分每秒都實實際際「海內存知己」！

人生獲得知己，可以無憾；人生遇到寃家，又賢者難免。且看前時鐵娘子隆重禮葬於英京，同時拍手稱快、漫畫諷刺的仍然大有人在。功在國家，尚且難免毀譽交加。所以東漢崔瑗《座右銘》說：「世譽不足慕，唯仁為紀綱。」「仁」就是人性的核心，所以東方舊日儒道佛三家之教，都以人心的良知與覺悟為價值的根源和裁斷。在福音啟示之下，我們知道，人心總不能自有永有，世俗論斷更難免情感與利害的傾斜、觀點與角度的偏差。想面面俱圓，左右逢源地討人喜悅，總會心勞日絀，唯有盡心盡性盡意盡力地討神喜悅，才有真樂真福。〈歌羅西書〉三章二十三節：

無論作甚麼，都要從心裏作，像是給主作的，不是給人作的。

這些，都應當是艾禮士先生在英國受教育時所聞所學，更可見是他在英華做校長時所行所教；也那是、而且應當是，我們具有中華文化傳統的今日華裔基督徒所信所守。這也是月前英華晚上感恩追思禮拜的共同懷想、共同勖勉。

慧縈智瑋永人間——敬悼先師勞教授

實副其名的「思」想之「光」。真真正正，不只是靈堂上的「哲人其萎」。勞先生捐館，關心華人政教、特別是文化哲學界的各方賢達，必已多所述論。筆者半世紀前（一九六二年），雖「未為牛後」地畢業崇基，只因「不幸」稍早於中大成立，屬於被嘲慨為「酒糟」（釀成即棄）的那一群；自己又困於當年人子之責，未能離港深造，唯有心不甘情不願地、返校一年補修學位。興趣所近，捨史選哲為副修，剛好遇上初來未幾的勞師，從此得列門牆。回首前塵，實在十分感幸——正如道家所謂「焉知非福」，聖徒有說「萬事互相效力」，倘非如此，也不會有這篇文章了。

感念師德教恩，可以說不自一九六五年之秋為始。早七八載，高中會考之年，《友聯活葉文選》是國文科重要參考，其中《大學》、《中庸》兩篇，分量特重，解釋特精，當日自己雖未盡明，但已深受啟發。後來才知道是勞先生手筆。那時已經每週兩次從任教的九龍英華書院趕回馬料水，聽清癯而精神奕奕、口若懸河的勞先生「中國哲學下卷

（宋明以來）」。先生剖疑析難，如湯沃雪，學生奮筆追記，歸家重讀，就是一篇又一篇條理清晰、內容精要、議論超卓的講義，即是後來先生的名著、四冊三卷的《中國哲學史》（的一部分）。自己未及聽講的上卷（隋唐及以前）和作為共同必修「人生哲學」科的「中國文化要義」，唯有四處張羅已發資料，補讀苦啃，然後參稽融通，豁然開朗，繼續進到只有筆者和後來不知何往的同學鄺君兩人的課室，在春風中坐了一載。中大學位既得，而且考入新辦的研究院，唐君毅教授主持，勞師未有任教，自己也趣味不大，半年就退了學，改進港大。大抵事情真相的成為共識，總要有個過程，到大家都傳揚先生是鎮校的學術之寶、文化名宿，高徒輩出、各成偉業；其任教各校，應聲氣求者，更編集先生新著舊作，由中文大學等弘布海內，這便是日後人所共知的事了。

慚愧自己根器粗鈍，又放不下英華書院和後來香港大學的工作，雖則此後多年時時得親謦欬、敬候起居，始終是徘徊於宮室門牆之間，無緣深造。不過，永遠記得當初大蒙啟發，深覺前此所讀所聞，固多淺陋甚至錯誤；此後再聽再看當世其他同道名家之說，就只有更敬佩先生超凡邁俗的卓識精解。幾十年來，自己無論在中學、大學，以至退休在外國講習中國文化與宗教比較等饒有趣味與意義的課題，都深感一承教導，真是終生受用不盡！

先生幼承庭訓，博識多能、天賦奇高，歐美哲學名著的研究心得，論學、議政文字經暢健利，凡讀先生作品者相信都有同感，至於古典體裁的駢散詩文以至毛筆書法的美妙，就與中文系的專家相比，也是超凡出眾。尤善玉谿風格的七律。四十六年前（一九六六年）抗日名將白崇禧病逝台灣，先生詠詩五首有云：

韜機剩向橘中參，伏櫪深知驥未甘；
北去降王休寄語，肯從鶯草戀江南。

對「小諸葛」的有異於李宗仁，而長才未展、賫志入冥，深致同情。近時著名作家白先勇繼志述事，撰刊《父親與民國》，讀者大可並觀先生之詩，對歷史與人心自必更多了解。

同年台大哲學教授殷海光因忤當道而解職。先生雖與他言論不合，也同情感慨詠說：

依稀劫火照咸陽，黨禍驚傳到楚狂；十載書空呼咄咄，當時折檻意昂昂。
名緣曲學非阿世，筆挾真情自吐光。屈指妙才零落盡，西風南海夜蒼茫！

三年後（一九六九年），殷氏鬱鬱病終，先生又祭以駢文，開首便說：

> 夫西河選守，祈奚解不避仇；惠子損年，莊生歎無與語……方舉國若狂之日，見斯人獨往之風，固已不執一眚，共期千古矣！

裁對之工、用典之切、比喻之巧、論斷之精，真令人由衷傾佩！先生精研中西哲理，這方面內行人論述已多；筆者膚陋，不敢續貂置喙，只想在先生緒餘方面，聊貢感受。香港回歸之年，中國人文學會舉辦學術研究於台北，以祝先生七十嵩慶，十多位學者各選哲學、文化、政教專題，就不同方位路向，論析先生學問思想，最後先生——即場回應，就如平日講課般，不執片紙，侃侃而談，條理清晰、鉅細無遺、扼要精當，人人讚服。筆者承乏，以〈詩藝哲懷兩妙奇〉為題，謹陳《思光詩選》讀後，惠蒙粲許，結集於中大《無涯理境》一書。

先生更令人欽敬者，精通文哲的同時，更一貫痌瘝在懷，關懷家國，而且抒論戡時，常有遠見卓識。年甫而立，自台蒞港，講壇內外，投入無比精力於思想文化。六十年代中，文革將發未發，先生蒿目時艱，預感人禍，心情沉重，以其時中西文化精神衰萎，傳統重德輕智，既成不舉有術之虛偽君子；流行重智輕德，又多縱放無忌之真實小人，其無勇無權而灰心現實者，又以為世上根本無理可循，無道可說，唯有畏縮退隱，以逍遙自解自歎。於是恍如債務累積，卒之招致「歷史之懲罰」！先生就用此為名，出版憂時之作。

「青龍老性益難馴，已作君師欲作神」，「蹴踏坤廿八年」之後，好不容易「斜陽息於『秦嶺』」（一九七六年秋，先生〈聞京訊有感〉七律四首），文革因人亡而亂息，先生兼察國外政局，預感共產運動解體，期望中國歷劫重生，秩序再建，於是發表《中國之路向》，準備再過十年，以《中國之希望》成三書一套，合抒時論，先生自說「不能屈服」、「特別不會適應」，唯獨南天海隅的香江有幸，中大有幸，得先生駐此，在相對開放自由的學術環境中，數十年講學著述，論政育才，造福文化。

先生也自說「氣質上不喜交遊」，極少謬託知己；生命史變化太多，不免接觸三教九流，或貽良友之憂，而自信不失分寸。筆者認識而非常敬佩的前輩國士徐先生復觀，國學宗師詩文聖手蘇先生文擢，以至近況未知如何的台灣韋先生政通等，都與勞先生早年交往，情況如何，實非所知，不敢妄議。所見懷念與評論師友交遊，如胡適之、錢賓四、張君勱、李幼椿以及新儒學唐、牟兩位宗師，都絕無膚泛之辭。常有深中肯綮之論，往往語重千鈞而不失忠厚公允；間中或以比興寄託的詩聯出之，如何了解，就看讀者的體會了。如今勞先生進入歷史，評論者有無亦作古典之體呢？企予待之，拭目以觀之。

最後要提的是大小兩個問題，向想請教於先生而未果：

首先，先生窺占世運，認為要救治西方主導的現代化之病，在於建立以儒學心性論為最合格代表的「重德」價值體系；不過，希伯來傳統以「善之根源」來自超脫的神無上權威，循此以成基督、伊斯蘭兩大宗教地區千百年來的道德規範，又何以不夠合格呢？先生深研西籍，海外屢遊，對歐美（以至緒餘如敝處之澳紐）法制修明，人民急公好義，更絕不在他處之後，當有同感。西方耶教普及雖大遜從前，根基尚厚，國民共識仍以為基，不知先生以為應作如何評價？

其次，先生之於術數博弈，涉獵不拒，有人或以為怪，筆者以為當是先生遣興課餘，作為智性測試之遊戲一種。猶憶三十年前，曾以長女八字，請示先生，先生研索一番，頻稱「甚奇」？此外即無多語，筆者亦不敢再問。廿載以來，則果骨肉乖違，同於陌路，其事甚痛，其故又苦於久索不得，是否術數足可解釋？抑或佛氏入胎報應之說，冥冥中自有其理？基督徒一切榮歸上主，不敢另信他靈。先生自宗心性，或哂受業之愚；不過，「吾愛吾師」，自然祈望先生亦「拈花微笑」而印可。可惜台海南洲，遙隔萬里，音訊早疏，如今更憾只能問天了！

（原文節錄自二〇一二年十二月《明報月刊》及《勞教授追思會特刊》）

責任編輯　蔡嘉蘋　張艷玲
書籍設計　陳德峰

書名　讀中文　看世界（增訂版）
著者　陳耀南
出版　三聯書店（香港）有限公司
香港北角英皇道四九九號北角工業大廈二十樓
Joint Publishing (H.K.) Co., Ltd.
20/F, North Point Industrial Building,
499 King's Road, North Point, Hong Kong
香港發行　香港聯合書刊物流有限公司
香港新界大埔汀麗路三十六號三字樓
印刷　陽光印刷製本廠
香港柴灣安業街三號六字樓
版次　二〇一四年六月香港第一版第一次印刷
規格　大三十二開（140×200 mm）三八八面
國際書號　ISBN 978-962-04-3581-2